FABLES LITTÉRAIRES

ESPAGNOLES

DE

THOMAS YRIARTE

TRADUCTION NOUVELLE

PAR

LE COMMANDANT PELLET

OFFICIER DE LA LÉGION D'HONNEUR ET DE L'ORDRE ROYAL DE...

SUIVIE

D'UN SOUVENIR BIOGRAPHIQUE

PAR LE NEVEU DU TRADUCTEUR

PARIS

AMYOT, LIBRAIRE-ÉDITEUR

Rue de la Paix N°...

1860

FABLES LITTÉRAIRES.

FABLES LITTÉRAIRES

ESPAGNOLES

DE

THOMAS YRIARTE

TRADUCTION NOUVELLE

En Vers Français

PAR

LE COMMANDANT PELLET,

OFFICIER DE LA LÉGION-D'HONNEUR ET DE L'ORDRE ROYAL DE LA MARINE D'ESPAGNE,

SUIVIE

D'UN SOUVENIR BIOGRAPHIQUE

PAR LE NEVEU DU TRADUCTEUR.

PARIS,

AMYOT, LIBRAIRE - ÉDITEUR,

Rue de la Paix, N° 8.

1860.

NOTE DE L'ÉDITEUR

YRIARTE (Thomas de) naquit à Orotava (Ténériffe) en 1750. Il fut directeur du *Mercure politique* à Madrid, et grand archiviste du Conseil suprême. Il publia en 1782 les *Fables Littéraires* dont nous donnons une traduction en vers français.

Ces Fables qui approchent de la grâce et de la naïveté de La Fontaine, font une spirituelle critique des écrivains du temps. Elles sont restées classiques en Espagne.

Les Fables d'Yriarte ont été plusieurs fois déjà traduites en vers et en prose par des écrivains français; mais nous doutons qu'aucune des traductions connues puisse soutenir avantageusement la comparaison avec le travail remarquable et consciencieux laissé par le Commandant Pellet : aucune ne nous paraît avoir réussi au même degré à faire passer dans notre langue, l'esprit, la naïveté et la finesse de la critique qui donnent à ces Fables un caractère tout particulier.

Ce n'est que vers le mois de mai 1859 que le Commandant Pellet paraît avoir mis la dernière main à sa traduction; et il se disposait à la faire imprimer lorsque la mort le surprit au mois de septembre suivant. Nous ne faisons donc que suivre ses intentions en la publiant après sa mort.

D'ailleurs nous sommes heureux de rendre cet hommage à la mémoire d'un brave militaire aussi distingué par les qualités de son cœur que par la culture de son esprit. Il aimait l'étude, et possédait des connaissances réelles et variées. Étant encore au service il fit, pour l'instruction des jeunes officiers, et publia une Méthode ou *Étude mathématique des Manœuvres d'Infanterie* (1). Ce goût pour l'étude le suivit dans sa retraite. Il s'occupa, pour charmer ses loisirs, de poésie, d'histoire et de sciences, et acheva la traduction des Fables d'YRIARTE.

(1) Brochure in-8° 1847, chez Dumaine, à la Librairie Militaire, rue et passage Dauphine, n° 11.

PRÉFACE.

J'étais à Cadix en 1825, et m'arrêtant un jour sur la place Saint-Jean-de-Dieu, à l'étalage d'un bouquiniste, j'ouvris par hasard un petit in-octavo grossièrement relié, d'une impression nette et commode, sur un papier commun. C'était le fabuliste don Thomas Yriarte que je surprenais sous cette modeste enveloppe. Deux réaux le mirent en ma possession. Et voici qu'arrivé à l'âge de la retraite, je me sens, en le revoyant, tout épris du désir de faire passer dans notre langue les utiles leçons de ce moraliste des écrivains; les préceptes du sens pratique qui doit les diriger.

Monsieur Charles Brunet m'a prévenu depuis longtemps dans ce projet, en publiant (1) une traduction libre en vers français des Fables d'Yriarte. J'ai, comme lui, adopté la forme poétique, mais il est facile de reconnaître que je n'ai d'ailleurs de commun avec cet honorable traducteur que le fond du sujet. J'ai cherché à faire quelque chose de plus qu'une traduction libre, autant que le permet le génie des deux langues : point d'asservissement à la lettre, mais aussi pas d'allures trop libres avec mon modèle; évitant de le dénaturer, d'en fausser l'esprit.

J'ai tâché de faire bien connaître un auteur sage, spirituel, en exprimant le fond de sa pensée d'une manière simple, rapide et je crois assez digne.

J'ai compris combien il avait été difficile au poète espagnol de

(1) En 1838.

faire goûter les préceptes littéraires en empruntant les formes de l'apologue, mises depuis des siècles au service de la morale par des auteurs d'un talent reconnu, et plus récemment par notre inimitable La Fontaine.

Je ne me dissimule point qu'il y a quelque présomption à entreprendre de les faire accepter du public français, et je ne m'y décide que poussé par l'étrangeté du sujet. Je réclame toutefois l'indulgence pour les capricieux écarts de la littérature espagnole, où l'on voit souvent l'auteur plaisanter à propos de l'objet qu'il traite, l'escorter de digressions qui suspendent le dénoûment, et qui ne seraient peut-être pas toujours agréées de ce côté-ci des Pyrénées, bien qu'elles soient à l'intention de divertir le lecteur. Car enfin, l'esprit français va plus directement au but..... En est-il meilleur pour cela? Laissons toute prétention de supériorité... à chaque pays ses fruits... à chaque peuple son goût, certaines particularités que l'on ne discute point.

L'auteur prétend-il rendre la fin plus agréable en y mettant l'obligation d'un peu de fatigue? — Veut-il faire preuve d'imagination? — Craint-il d'être accusé de stérilité? — Les suspensions, les divagations légères présentent-elles plus de charmes au sujet? — Tout cela peut se présenter : le lecteur jugera de la convenance et de l'utilité de ces licences du bon sens... Après tout, puissé-je, interprète dévoué, ne pas rester trop éloigné du but qu'un maître désigne aux écrivains de tous les temps : *Dire agréablement d'utiles choses.*

PELLET.

NOTE DE L'ÉDITEUR ESPAGNOL

(Édition de 1822).

On voit circuler depuis quelque temps des copies abrégées et altérées des fables d'Yriarte; je crois rendre service au public lettré, en m'autorisant de l'estime et de l'amitié de l'auteur pour les faire paraître telles qu'il les a composées. Je ne veux pas devancer le jugement des lecteurs sur le mérite de ce travail. Je préviens les moins initiés à nos richesses littéraires, que c'est le premier recueil de fables entièrement originales publié en espagnol.

A ce mérite elles en ajoutent un autre qui sera plus généralement apprécié, c'est de ne présenter que des motifs ayant trait à la littérature.

Jusqu'alors, les fabulistes s'étaient servi des habitudes et des passions instinctives des animaux pour critiquer, par des allusions, les défauts de l'espèce humaine, et nous rappeler à la morale : il était beaucoup plus difficile de trouver dans ces habitudes des bêtes des particularités qui permissent d'établir des rapports avec les défauts littéraires, et avec les préceptes qui doivent diriger les écrivains.

C'est en cela qu'Yriarte s'est montré ingénieux, et de plus, il a su répandre dans ses compositions une verve et un entrain qu'ont servis l'élégance et la variété de son style poétique.

PROLOGUE

FABLE PREMIÈRE.

L'Éléphant et les autres Animaux.

Dans les temps d'autrefois, en des pays lointains
Où les bêtes parlaient à l'instar des humains,
L'Éléphant qui comptait au nombre des plus sages,
Ennemi des abus, tenait aux bons usages
Qu'il voyait s'affaiblir parmi les animaux ;
Car chaque jour, hélas ! combien d'écarts nouveaux !...
    Épris d'un zèle ardent, il rêve une réforme,
Et mieux n'y songerait un parfait honnête homme.
    D'abord fidèle aux lois de la civilité,
De la trompe il salue avec aménité ;
Et s'adressant à tous, débite une harangue
Que pour la circonstance il a faite en leur langue,
Et que dans sa mémoire il se donna le soin
De loger sûrement, pour la dire au besoin.
    Le voilà qui s'indigne, avec colère il gronde,
Des ridicules sots dont s'affuble son monde ;
Pendant plus d'un quart-d'heure, il expose à leurs yeux
Les vices, les travers dont s'offensent les Dieux :

La paresse indigente et la fierté hargneuse,
L'ignorance indocile et l'envie odieuse,
Les succès empruntés dont se vante le sot ;
Et sa fatuité qui perce à chaque mot,
Et l'ostentation à la face arrogante...
Chacun à l'écouter reste bouche béante.
  La Colombe fidèle et l'Agneau l'innocent,
L'industrieuse Abeille et le Chien caressant,
La Fourmi diligente et le coursier docile,
Et Papillon léger, Chardonneret habile
Lui donnent à l'envi des applaudissements.
Mais d'autres bien connus par leurs emportements,
De fort mauvaise humeur prennent la réprimande,
Ne voulant point souffrir qu'en maître on les gourmande :
C'est le Tigre cruel et le Loup ravisseur
Dont les cris furieux poursuivent le censeur,
Et le hideux Serpent qui darde ses injures,
Puis, bourdonnant plus bas de sinistres murmures,
Sans vouloir écouter le discoureur, s'en vont
Mouche, Abeille piquante et redoutable Taon,
Chenille et Sauterelle, et Cigale nuisible,
Le Renard, la Belette ont pris un air paisible,
Mais sans plus approuver. Le Singe malfaisant
Grimace et rit de tout en fort mauvais plaisant.
L'Éléphant de sang-froid voyant la conjoncture,
En ces mots réservés se hâte de conclure :
  « Amis, accueillez donc avec facilité
Des avis que je crois de grande utilité,
A bonne intention, sans nommer, je les donne ;

Et s'adresser à tous, c'est n'offenser personne. »

Ainsi, très cher lecteur, mes vers cherchent le mieux,
Sans désigner les temps, les peuples ni les lieux :
De l'Espagne au Pérou, sans doute ils vont redire
Ce qu'on doit observer ou fuir en l'art d'écrire ;
Et ce droit salutaire, on ne peut l'empêcher ;
Au blâme personnel ils ne sauraient pencher.
A se les appliquer si quelque auteur s'obstine,
Qu'ils lui soient, chaque jour, une manne divine.

FABLE II.

Le Ver à soie et l'Araignée.

Une Araignée en sa toile légère
    Guettait Mouche et Fourmilion ;
Un Ver à soie auprès de la commère
    Faisait son nid de papillon ;
Mais, dit avec une orgueilleuse joie
    L'Arachnide à son bon voisin,
Plus lestement ma trame je déploie,
    Le tissu n'en est pas moins fin ;
Vois, qu'il est beau ! six heures font l'affaire ;
    En saurais-tu de mieux traité ?
Le Ver répond : « C'est peu de temps, ma chère,

Et beaucoup de légèreté. »

En dépêchant vite un ouvrage
Pour nous montrer votre facilité
Vous oubliez que c'est la qualité
   Qui seule plaît et nous engage,
Et non le temps qu'il a coûté.

FABLE III.

L'Ours, la Guenon et le Porc.

Un Ours pétri de balourdise
Qui pour un Piémontais dansait
Et debout, gauchement faisait
Des pas où perçait sa bêtise,
S'avisa d'élever le ton ;
Et pour faire son personnage
Il entreprit une Guenon
Qui bien en savait davantage :
— Qu'en dit le plaisant animal ?
— « Qu'on ne saurait danser plus mal. »
— Qu'elle est injuste, la méchante !
Reprend notre Ours avec humeur ;
Certes, ma grâce est surprenante...
Ton avis est par trop moqueur :

Je fais le pas avec adresse.
 Un Porc était là qui criait :
—« Bravo, bravo !... Quelle prestesse ! »
Grossier louangeur, il riait
Et proclamait une merveille....
Sur ce, notre Ours ouvrant l'oreille
Fit à part son raisonnement,
Et modeste se prit à dire :
Au Singe j'ai cru le délire,
J'ai douté de son jugement;
Mais du Porc j'obtiens la louange...
Le compliment sort de la fange,
Je danse mal assurément.

S'il veut que le succès lui vienne
Il faut qu'un auteur se souvienne
Qu'il doit, quand flatte l'ignorant,
Se rendre au blâme du savant.

FABLE IV.

L'Abeille et les Frelons.

Un jour des Frelons s'agitaient ;
D'aller, venir ils se hâtaient.
Affaire de grande importance :

Il fallait prendre l'apparence
Aux yeux des autres animaux
D'aimer la peine et les travaux.
Les plus gueux et les moins capables
Prétendaient fabriquer du miel
Vouloir des plus insoutenables
Pour qui le travail est du fiel :
Peu de savoir, point de constance.
Ces Messieurs n'étaient pas certains
D'arriver à d'heureuses fins.
Pour sortir de la circonstance,
Nos Frelons s'en vont d'un rucher
Extraire le corps d'une Abeille
Qui dans son temps faisait merveille ;
Bien haut se mettent à prêcher
Le mérite de la défunte
Avec éloges solennels
Que leur zèle hypocrite emprunte
Aux recueils de nos immortels.
..... Et les voilà d'un ton de maître
De son miel vantant la douceur
Et de sa cire la blancheur,
En affectant de s'y connaître.
   Une Abeille fort en courroux
De leur extrême impertinence,
Les soupçonnant d'être jaloux,
Dit, sachant leur insuffisance :
« Vantez bien le talent d'autrui,
En montrer n'est point votre affaire;

Et de ce miel, c'est votre ennui,
Non, jamais vous ne saurez faire. »

Tel qui veut passer pour savant
Cite ceux qu'enferme la tombe,
Mais ce mérite est décevant,
Le plus fin citeur y succombe.

FABLE V.

Les Deux Perroquets et la Perruche.

Deux Perroquets à leur maîtresse
Dans un langage différent
Adressaient des mots à torrent,
Prompts à répondre à sa tendresse.
L'un Espagnol, l'autre Français,
De Saint-Domingue [1] leur patrie,
Chacun d'eux apportait tout frais
Son répertoire à causerie.
C'était au mieux, mais au balcon
On les place de compagnie ;
Bientôt s'altéra leur jargon,
Survint grande cacophonie.

[1] L'île espagnole de Saint-Domingue était en partie française.

Le Castillan prend au Français,
Le Français en langue espagnole
Veut faire aussi quelques essais :
C'est un grand luxe de parole.
Ils s'embrouillent de plus en plus ;
La dame veut qu'on les sépare
Pour mettre fin à cet abus
Dont chaque Perroquet se pare.
Le Français laisse de côté
Un parler qui n'est plus de mode ;
D'emprunts gaulois, l'autre entêté
Par vanité s'en accommode,
Jusqu'à demander en français
Les pois bouillis de la marmite :
Ce qui faisait rire à l'excès
Une Perruche, une érudite,
Qui narguait ce parleur fécond,
Et les grands airs à la française.
Le Perroquet, pour faire affront,
Lui dit : — On voit, ne vous déplaise,
Que vrai puriste, vous restez.
Elle répond : — Je m'en fais gloire.

O Perroquets, vous remettez
Nos Petits-Maîtres[1] en mémoire.

---

[1] Dans les guerres de la Fronde, le parti du grand Condé fut appelé le parti des PETITS-MAÎTRES parce qu'ils voulaient se rendre maîtres de l'État.
Ce nom survécut et s'appliqua à la jeunesse avantageuse et mal élevée.

« VOLTAIRE. »

FABLE VI.

Le Singe et le Joueur de Marionnettes.

Valdécébro, l'aimable Père,
Digne de foi, que l'on révère,
Qui nous raconta du nouveau
Sur les bêtes, sur leurs usages;
Qui parla des divers pelages
A s'en échauffer le cerveau,
Dont la faconde sans pareille
De la Licorne a dit merveille;
Qui nous assure en quelque endroit
Qu'au Phénix renaissant il croit;
Au livre huitième rapporte,
Peut-être au neuvième, n'importe,
Le fait d'un Singe assez plaisant.
— Un jour qu'un maître complaisant,
Grand joueur de marionnettes,
Laissait reposer ses sornettes,
Ce singe trouvait amusant
D'exécuter des pirouettes.
Il rassembla ses bons amis,
Désirant gagner leur suffrage
Pour les tours de son badinage
Qu'un peu vantard il a promis.
Il fait le mort; puis sur la corde

Du grand Arlequin il aborde
Les prodiges d'agilité ;
La tête en bas se précipite,
Et sur ses pieds le voilà vite,
Charmant leur curiosité.
Avec la lame qu'il dégaîne,
Il prend les airs d'un capitaine
Qui mène sa troupe au combat ;
Et pour que le goût s'en maintienne,
Il fait comme un malin soldat
L'exercice à la prussienne.
Ne voulant point en batailleur
Terminer cette aimable fête,
Le Singe se creuse la tête
Pour leur donner encor meilleur,
Et choisit la scène comique
Que son maître expliquait si bien
Avec la lanterne magique.
Il commence donc l'entretien
En régalant son auditoire
D'un exorde préparatoire :
C'est toujours agir prudemment.
Puis il en vient à l'instrument,
Passe et repasse en la lanterne
Et retourne de tous côtés
Chaque verre peint qu'il gouverne
Avec force vivacités.
On sait que pendant la séance
La chambre est dans l'obscurité :

L'on attendait, faisant silence,
L'objet par le Singe cité.
Rien n'apparaît... C'est assez drôle!...
Et le plaisant poursuit son rôle.
— Voudrait-il nous mystifier?...
Il ne faudrait trop s'y fier...
On se le dit... L'impatience
Déjà chassait la complaisance,
Lorsque le maître souriant
Paraît, du cas se défiant,
Et dit : — Pas tant de hâblerie,
Lourdeau, vois ton étourderie?
Quand ta lanterne est sans clarté,
Rien ne sort de l'obscurité!

Muses, vos palmes immortelles
Vous les devez au Dieu du jour;
A nos yeux vous ne restez belles
Qu'en lui conservant votre amour.

———————

FABLE VII

La Cloche et la Clochette

De cathédrale un gros Bourdon
Ne donnait qu'aux seuls jours de fête
Les graves notes de son ton,

Des voisins ménageant la tête.
Trois ou quatre coups seulement :
Excellent et discret usage,
Et c'était là tout le tapage
Qu'il faisait solennellement ;
Il y gagnait grande importance.
　Non loin, de chétive apparence
Le hameau qui se présentait
N'avait qu'un clocher d'hermitage ;
La Cloche qui diligentait
Les habitants de ce village
De sons aigus les fatiguait,
Et trop souvent extravaguait
Pour le supplice des oreilles.
Mais, dit-on : Pourquoi tant de veilles ?...
Il faut imiter le Bourdon,
Ce grand ennemi du fredon,
Qui parle peu, que l'on admire...
On décida sans beaucoup dire
Qu'irait très lentement sonnant
Notre Cloche, le casse-tête,
Et seulement aux jours de fête :
L'effet alors fut surprenant.

Combien, à l'aide du silence
Soutenu de la gravité,
Se donnent des airs d'importance
Et singent la capacité.

FABLE VIII.

La Flûte et l'Âne.

Allez, courez ma fable,
Courez simple et sans art;
Mais serez-vous passable
Me venant par hasard ?

Avec sa rêverie
S'en allant à l'écart
Un Ane en la prairie
Se trouva par hasard

Le nez sur une flûte
Qu'un jeune campagnard
Oublieux à la brute
Laissa bien par hasard.

Incapable d'adresse
L'indolent nasillard,
En flairant, la traverse
D'un souffle par hasard ;

Soudain par l'embouchure
L'air chassé vibre et part,

Et la flûte murmure
Un son bien par hasard.

Oh! oh! dit la Bourrique,
Cet air est des plus francs;
Et qu'on ose en musique
Nous traiter d'ignorans!

Combien, sans la science
Nécessaire en tout art,
Ont une fois la chance
D'un succès de hasard.

FABLE IX.

La Puce et la Fourmi.

Il est gens de mauvaise foi
Feignant par manière plaisante
D'avoir dès longtemps le pourquoi
De tout, quel que soit ce qu'on vante;
Est-ce parfait, est-ce nouveau?
C'est bien commun, chacun en glose,
Et vraiment pour si peu de chose
Doit-on fatiguer son cerveau?
Et moi, j'en jure par ma vie,

Dût m'en coûter un jour entier,
Dans une fable à les châtier
Je veux démasquer leur envie.

A la Puce un jour la Fourmi
Contait son labeur et sa peine,
Comment on sait de leur domaine
Chasser la faim, cet ennemi,
Et l'ingénieuse manière
Dont on construit la fourmilière :
Ici pour l'habitation,
En ce coin la provision;
Le travail est de telle sorte
Que l'une arrange et l'autre apporte,
Si bien que de l'effort commun
S'emplit le grenier d'abondance,
Et d'autres détails que chacun
Peut, par la seule expérience
Connaître à fond, s'il est admis
A visiter dames Fourmis.
Mais notre Puce à la légère
Prenait le tout, goguenardait;
Comme par grâce répondait :
— Oui, je comprends, je sais, ma chère,
Ce qu'on voit dans votre atelier,
Que votre ouvrage est singulier,
J'en conviens, je tiens à vous plaire;
Mais après tout, la grande affaire ? —
A cela, sortant de son nid

La Fourmi lestement lui dit :
— Vous en parlez fort à votre aise,
Ma mie, avec moi qu'il vous plaise
Vous rendre dans notre logis,
Vous y verrez comment j'agis,
Et quand vous dites tout facile
Encore avec un air moqueur,
Ce serait pour nous un bonheur
De pouvoir vous trouver habile ;
Donc, de quelque peu seulement,
Venez nous aider un moment.
Notre sauteuse alors s'élance,
Et pour combler son insolence
Dit : — Mais qui donc prêchez-vous là ?
Bien sot qui se pâme à cela ;
Le plus simple peut s'y connaître ;
Il ne s'agit que de s'y mettre ;
Adieu ma sœur, un autre jour
Votre servante aura son tour.

FABLE X.

Le Thym et la Pariétaire.

J'ai lu, je ne sais où, qu'en la langue des plantes
L'herbe Pariétaire ayant vanté du Thym
La senteur agréable et des plus pénétrantes,

Elle ajouta d'un air à la fois aigre et fin :
— Dieu te garde, ami Thym, et combien il me peine
De te voir t'élever de quatre doigts à peine.
— Je suis petit, répond le Thym, mais tu le vois,
Ma bonne, sans secours je prospère et je crois,
Toi, qui me plains si fort, tu n'aurais point ma taille
Si tu n'avais trouvé l'appui d'une muraille.

Annoter un auteur et se dire écrivain,
C'est un peu s'attirer la réponse du Thym.

FABLE XI.

Les Deux Lapins.

A travers des halliers,
Un hôte des clapiers
Entraînait à sa suite
D'ardents chiens... vite... vite,
Sans relâche il allait,
Pour mieux dire, il volait.
  Sortant de sa retraite
Un compagnon l'arrête
Et lui dit : — D'où viens-tu ?
L'on te croirait perdu ;
Conte-moi donc ta peine ?

— Tu me vois hors d'haleine :
Lévriers sur mes pas
Causent mon embarras,
Et j'ai peu d'espérance
D'éviter cette engeance.
— Mais... au loin je les vois
Dit l'autre... et... je le crois :
Ce sont des chiens de chasse,
Non, lévriers de race.
— Je te dis que ces chiens
Pour lévriers je tiens,
Répond le pauvre hère :
— Par mon père et ma mère ,
Je t'en fais le pari.
— Ils sont ce que j'assure;
Où trouver un abri?...
Pendant que cela dure
Les chiens à belles dents
Happent les imprudents.

Tenir au nécessaire
Est le mieux en affaire,
Nos Lapins pour des riens
Se livrèrent aux chiens.

FABLE XII.

Les Œufs.

De là les Philippines,
Dans une île, dit-on,
Je n'en sais plus le nom ;
Le trésor des cuisines,
Notre Poule manquait,
Quand voyageur, dans l'île
Certain jour débarquait
L'excellent volatile.

Puis, d'un nouvel État,
Un Coq fut potentat,
Et d'œufs, sa descendance,
Donna grande abondance ;
Ils étaient à bas prix,
Mollets, cuits à l'eau chaude,
C'était la seule mode :
Chacun en fut épris.

Mais un malin compère
Trouva les œufs pochés,
L'un des meilleurs péchés
Qu'un gourmand puisse faire.
Il était en crédit,
Quand la bonne aventure
Des œufs à la friture

Bientôt le déconfit.
On les mit à la farce :
Grande séduction !
Mais par perfection
L'omelette prit place
Et fit tout oublier.
L'année entière passe,
De l'invention lasse
On allait en railler
Quand la sauce aux tomates
Parut sur l'horizon
Et vint charmer, dit-on ,
Même des automates.
Enfin, au premier rang
Se mit la ravigotte,
Dite à la huguenote
D'un étranger gourmand.
Le talent culinaire
Très souvent avorta ,
Mais beaucoup inventa
Où restait tant à faire :
En compote... brouillés,
En sorbet... marinade,
On en fit régalade,
Même de lait mouillés.
D'esprit, quelle dépense !
C'était de mieux en mieux,
Lorsqu'aux prétentieux
Avisa ce qu'il pense

Un vieillard ennuyeux :
— Oui, votre orgueil aspire
Au titre d'inventeur ;
C'est à vous éconduire,
Et je dois vous le dire :
La Poule est notre auteur.

De là les Philippines,
Oh ! combien d'amateurs
Les Muses trop badines
Poussent se faire auteurs.

FABLE XIII.

L'Oie et le Serpent.

Près d'une mare ainsi disait une Oie,
N'y tenant plus et d'orgueil et de joie :
— A qui le ciel donna-t-il à la fois
Tous les talents qu'à sa bonté je dois ?
Vivre dans l'air, sur la terre et sur l'onde ;
Qu'on me surprenne en course vagabonde,
Soudain je nage ou je m'élève au ciel ;
Mais un Serpent prudent et non sans fiel,
Prêtant l'oreille à cette vanterie,
D'un sifflement troubla la rêverie

De l'Oie, et dit : — Quel air avantageux !
D'un tel mérite on peut être honteux :
Avez-vous bien du Daim l'élan rapide,
De l'Aigle altier le vol sûr, intrépide,
Et pataugeant, dites-moi, dans cette eau,
Vous trouvez-vous le talent du Barbeau ?..

En un talent, il vaut mieux passer maître
Que faiblement à plusieurs se connaître.

FABLE XIV.

Le Manchon, l'Éventail et le Parapluie.

Lorsque dans trop l'on s'enchevêtre,
C'est risible prétention ;
En plus d'une chose on peut être
Utile... A cette intention

N'oubliez pas qu'un Parapluie
Qui pour se reposer s'appuie
Près d'un Manchon, d'un Éventail
Qu'on avait mis sur une table ;
Causant avec eux de travail,
De bien-être et de confortable,
Dans ce langage d'autrefois

Qu'avait fort pratiqué, je crois,
La soupe au fond de la marmite[1],
Infatué de son mérite,
Dit à ses interlocuteurs :
— A moi, Messieurs les serviteurs,
Ne vantez pas trop vos services :
Manchon, après les durs caprices
De l'hiver, un peu du printemps,
En quelque coin l'on te dépose
Pour prendre l'Éventail qui n'ose
Se montrer qu'avec le beau temps.
Mais dussé-je vous faire envie ;
Reconnaissez mon double emploi :
Par le soleil et par la pluie,
Est heureux qui se sert de moi.

FABLE XV.

La Grenouille et le Têtard.

Un Têtard qui, non loin du Tage,
Se jouait dans un marécage,
A la Grenouille, au bord des eaux,

---

1. L'auteur en prêtant la parole aux objets de cette fable, semble s'autoriser de l'exemple d'Esope qui raconte l'entretien d'une marmite avec son contenu.

Vantait l'épaisseur, le feuillage
D'un grand massif de verts roseaux ;
Quand s'échappa, de par l'orage,
Déraciné d'un coup de vent,
Un roseau qui flottait suivant
Le fil de l'eau qui loin l'emmène,
De la peur semant le frisson
Chez la race batracienne.
Remise enfin de tout soupçon,
La Grenouille vint, bonne mère,
Au Têtard faire la leçon :
— Visitons-la, mon cher garçon,
Cette feuillée à tête altière,
Au dehors, sont dans la lumière
Les objets parés, verdoyants ;
Mais remarque mieux au dedans
Ce n'est que faiblesse et désordre.

Soyez clair à n'en point démordre,
Vous, qui courez à l'Hélicon ;
Parfois un poëme recèle
De clinquants un grand pêle-mêle ;
Sans choix ne soyez point fécond.

FABLE XVI.

Le Butord[1] femelle (la Butorde).

Quand des siens la Butorde lente
Critiquait le vol trop pesant,
Elle avait le désir cuisant
D'une race plus élégante.
Afin d'avoir des nourrissons
Qui lui revinssent davantage,
Elle va battre les buissons
Et désoler plus d'un ménage.
Elle rassemble sans pudeur
OEufs de perdrix, de tourterelle,
OEufs du chardonneret chanteur,
OEufs d'émerillon sous son aile ;
Ensemble les couva longtemps,
Mais sans réussite complète;
Après tout, il lui vint à temps
Une nichée alors parfaite.
S'étalaient au soleil levant
Port élégant, brillant plumage ;
Leurs chants légers, leur doux ramage
Donnaient un plaisir émouvant.

1. Le Butord d'Europe appartient à l'ordre des échassiers; il est placé dans les oiseaux de rivage entre les cygognes et les bécasses.

Elle veut montrer sa famille,
A mille oiseaux, ses bons voisins...
Comme ils vont la trouver gentille,
La payer, elle, de ses soins !...
Mais chacun fait quitter la place
Aux petits qu'il voit de sa race,
Laissant la pauvre seule au nid :
Ainsi, sa peine elle perdit.

Empruntez-vous l'esprit d'un autre ?...
Sachez donc lui donner l'essor.
Qui laisse dire : « c'est le nôtre, »
Est un écrivain bientôt mort.

FABLE XVII.

Le Chardonneret et le Cygne.

Pourquoi donc me provoquer,
M'exciter à répliquer ?
Tais-toi, babillard insigne,
Disait au Chardonneret
Le beau, le gracieux Cygne :
Ne connais-tu point l'attrait
Puissant de ma mélodie ?
Sache qu'il n'est pas d'accents

Plus que les miens ravissants,
Ni qui causent plus d'envie.
Le Chardonneret allait
Son train, le Cygne soufflait,
Criant : Quelle impertinence !
Je pourrais t'humilier
Et punir tant d'insolence,
Je préfère l'oublier.
— Que vous chantiez, à Dieu plaise,
Lui dit le rétif oiseau ;
Faites-nous donc pâmer d'aise
De votre chant le plus beau.
Et que partout je me vante
Enfin d'avoir entendu
Ces doux sons, plainte touchante,
Charme qu'on croyait perdu,
Qui plus d'honneur vous rapporte
Qu'à moi, ma facile glotte.
Et le Cygne épouvanta
Du sombre cri qu'il jeta
Le rusé petit compère.
Il n'était plus de mystère.

Fausse réputation
S'écroule à l'occasion.

NOTA. Cette fable critique l'expression si connue *le dernier chant du Cygne*.
La vérité est que le Cygne n'est point un oiseau chanteur ; quand on l'excite il fait
entendre les sons *Thou hou*, le dernier un demi-ton au-dessus de l'autre. La fe-
melle donne les mêmes sons, mais plus bas et lorsqu'ils crient ensemble, on dirait
le bruit de deux trompettes de foire dont s'amusent les enfants.

FABLE XVIII.

Le Voyageur et la Mule de louage.

Certaine Mule de louage
De son hôtel vive sortait,
D'avoine et de paille elle était
Repue et pleine de courage.
Elle débute par courir
Tellement que son nouveau maître
Ne sait comment la retenir,
Et pense, en voyant ce salpêtre,
Que bientôt elle aura gagné
Le prix de sa demi-journée.
Mais déjà notre forcenée
A d'un zèle plus épargné
Réglé le pas de son allure.
— Qu'est-ce? se dit le Voyageur,
Sitôt s'arrête ma monture :
Sans doute par mauvaise humeur
Ou par quelque taquinerie
De tant noble cavalerie.
Il joue alors de l'éperon;
Mais, redoutant une ruade,
Il fouette et lance un gros juron;
Il lui revient une saccade.
La Mule enrage et mord son frein,

Contre son maître se révolte ;
Il la rassemble, mais soudain
Un haut-le-corps et une volte.
— Peste ! qui l'assujétira ?
D'elle se charge qui voudra.
La pauvre enfin roule par terre.
— O toi ! qui t'en allais légère
Et qui n'écoutais plus ma voix,
Que la morve une bonne fois
T'empêche de reprendre haleine,
Et t'achevant, cesse ta peine.
La Mule qui si lestement
Débute et, folle, prend l'avance,
N'obtiendra plus ma confiance :
Son feu ne dure qu'un moment.

Vous qui commencez un ouvrage
D'un ton superbe, avantageux,
Soutenez bien votre courage
Si ne voulez rester honteux
Comme la Mule de louage.

FABLE XIX.

La Chèvre et le Cheval.

Une Chèvre dressait une oreille attentive,
Longtemps elle écoutait et sans distraction,
Les excellents accords, la voix tendre et plaintive
Que les échos voisins tiraient d'un violon ;
Et de plaisir ses pieds s'agitaient en cadence.
Un vieux Cheval, non loin, imitait son silence,
A ces beaux sons comme elle il restait suspendu,
Oublieux de songer et l'appétit perdu.
La Chèvre, la première, exprima sa pensée :
— Ces cordes, instruments de sons harmonieux,
Furent les intestins de chèvre trépassée,
D'une amie autrefois, compagne de mes jeux.
J'espère aussi qu'un jour, pour moi, bonheur suprême !
Les miens, après ma mort, résonneront de même.
Vers elle se tournant, le Roussin répondit :
— Il est vrai, ces boyaux ont des sons admirables
Lorsque l'archet sur eux se promène et bondit ;
Il leur faut de mes crins les efforts secourables.
Sachez que j'ai souffert les plus cuisants des maux
Quand de ma riche queue on tira les plus beaux.
La peur, en me laissant, emporta ma souffrance,
Et je vois aujourd'hui combien je suis fécond,
Je vois combien de lustre et quelle redondance

A conquis, grâce à moi, la science du son.
De grands progrès aussi vous aurez le mérite
Quand la mort livrera vos intestins d'élite.

Un méchant écrivain, du public rebuté,
Se console en pensant que la postérité
Saura lui décerner la palme académique,
Et le placer bien haut dans l'estime publique.

FABLE XX.

L'Abeille et le Coucou.

Sortant d'un parfumé domaine,
Une Abeille dit au Coucou :
— Taisez-vous, car je puis à peine
De mon travail venir à bout ;
Je suis, de votre voix ingrate
Toute étourdie, et votre chant
Coucou, toujours *coucou*, me gratte
Et me déchire le tympan.
— Tu trouves mon chant monotone,
Il te lasse, dit le Coucou ;
Mais le miel que ta race donne
N'est-il pas le même, après tout ?
Vos rayons, de même manière,

Un seul, ou cent, ils sont toujours
De votre invention première ;
Chez vous, le nouveau n'a point cours.
— Sache-le, répartit l'Abeille,
Quand il s'agit d'utilité,
Une façon n'est jamais vieille :
De trop est la variété.

Dans un ouvrage à nous distraire
Heureux qui fait diversion,
Qui sait varier sa matière
Par agréable invention.

FABLE XXI.

Le Rat et le Chat.

Une fable d'Ésope, en langue castillane,
Entre mes mains restée... Une perfection
Qui, de naïveté, d'aimable invention
Comme ses sœurs, jadis, charmante se pavane.
— Non certes, il n'est point plus grande qualité
Disait un Rat, je n'en sais pas de plus aimable,
Criait-il de son trou, que la fidélité ;
Et j'ai toujours aimé d'un amour véritable
L'excellent chien de chasse... Un Chat lui répliqua :

— Je la possède aussi cette qualité-là.
Sur ce, peu rassuré, le Raton débonnaire
Se renfonce, et lui dit d'un air peu caressant :
— Tu l'aurais?.. Mais dès lors, elle ne peut me plaire...
D'un ennemi toujours le mérite est absent;
En vain dans le public retentit sa louange ;
Bien dupe est le public, et son erreur étrange.
Que vous semble, ô lecteur! de ce léger motif ?
Comment le trouvez-vous? Agréable, instructif?..
N'est-ce pas un chef-d'œuvre?.. Ah ! vous la donnez belle,
D'Ésope, dites-vous?.. C'est de votre cervelle ;
Ésope, on le voit bien, n'a point écrit cela.
— De ma cervelle, soit. — Ainsi, nous y voilà.
— Oui, la fable est de moi, je veux bien y souscrire
Et vous pouvez, Docteur, en faire la satire.

<hr />

FABLE XXII.

La Chevêche. [1]

<hr />

ET FABLE XXIII.

Les Chiens et le Chiffonnier.

O mort! quelle joie !
Si tu fais ta proie
Des auteurs mordants

[1] Oiseau de proie nocturne, de la grosseur du Merle, commun dans le midi de l'Europe.

Qui montrent les dents
A certains critiques,
Dont le lâche cœur
Des vives répliques
A tant de frayeur.
Chevêche légère,
Couvents fréquentait,
Ma bonne grand'mère
Nous le racontait :
Un jour... disait-elle,
C'était peu fidèle,
Mais bien sur le soir,
Le flambeau du monde
Se cachait dans l'onde
A ne plus y voir.
Or, notre Chevêche
S'en allait volant
Autour d'une mèche
Dans l'huile brûlant.
— Ah ! si ta lumière
Disait, s'irritant,
L'Oiseau palpitant,
Plus que la tourière
Ne me faisait peur,
Je serais d'humeur
D'attaquer ta panse,
Lampe à revenans,
Et faire bombance
D'huile à tes dépens.

Mais flamme et fumée
De mèche allumée
M'ôtent ce désir;
Qu'elle soit éteinte,
Je saurais sans crainte
Prendre ce plaisir.

Les critiques, de leurs attaques
Vont me poursuivre assurément,
Je demande encore un moment
A nos minimes Aristarques;
Par une fable, un simple trait,
Je veux achever leur portrait.
— Près d'un gros tas de balayures,
Un Chiffonnier vint s'arrêter,
Tournant, retournant les ordures
De son crochet, sans se hâter;
Et deux cousins du vieux Cerbère
Poursuivaient d'un flair agaçant,
Bien plus que tout autre passant,
Ce compagnon de la misère.
— Laissez, leur dit un Lévrier;
Le vaurien à son vil métier;
Ne savez-vous pas que ce lâche,
Qui la peau d'un chien mort arrache,
Et qu'on voit alors le bravant;
N'eût osé l'approcher vivant.

FABLE XXIV.

Le Perroquet, la Grive et la Pie.

Une Grive entendait parler un Perroquet :
La langue des humains auprès de ce caquet
N'était rien, disait-elle, et sa judiciaire
Lui fit prendre leçon du Docteur emplumé ;
A son premier essai, vit la chose si claire
Qu'elle se crut, l'ignare, un parleur consommé,
Prenant tout son babil pour du vrai savoir-faire.
Même, elle s'avisait à toute occasion
D'aider de ses conseils sa voisine, une Pie,
Qui parfois s'exprimait sans faire attention,
Et les savantes sœurs, abdiquant toute envie,
Montraient à bavarder pareille absurdité.

Qui s'adonne à l'étude et se choisit pour guide,
Plagiaire ignorant, traducteur insipide,
Ne saurait dépasser la médiocrité.

FABLE XXV.

Le Loup et le Berger.

Avec certain Berger, un vieux Loup vint causer :
— Ami, lui disait-il, à m'expliquer j'ai peine
Comment de mille horreurs on ose m'accuser ;
Comment je suis l'objet de tant d'aveugle haine ;
Chacun me dit méchant, et je ne le suis pas :
Combien est secourable à la misère humaine
Ma peau qui vous défend contre les durs frimats ;
D'insectes ennemis n'étant point le domaine,
Elle sait vous garder un bienfaisant sommeil,
En écartant la Puce, un fort vilain réveil ;
Mes ongles mieux que ceux du Blaireau, l'on peut dire,
Donnent, pour les maux d'yeux, un excellent collyre.
Mes dents... Vous en savez la grande utilité...
Que ma graisse aux perclus peut rendre la santé.
— Le Berger répondit : Pervers, méchante bête,
Que le ciel te maudisse, et maudisse à jamais !
Il faut, pour t'adoucir, que fatigue t'arrête :
Qu'importe un peu de bien, pour le mal que tu fais !

Tant de livres sont loups dans le sens de ma fable,
Qu'il serait bon, je crois, de les donner au Diable.

FABLE XXVI.

Le Lion et l'Aigle.

Le Lion et l'Aigle tenaient
Une conférence royale ;
De leur entente cordiale,
Certains points ils examinaient.
L'Aigle se répandait en plaintes
Sur la Chauve-Souris, disant :
Quand donc cet être déplaisant
Finira-t-il ses sottes feintes :
Il se mêle à mes passereaux
Et se dit l'un de mes moineaux ;
Son vol est une impertinence
Dont avant tout, moi, je m'offense.
Le vilain ose plaisanter :
D'un museau l'on dit qu'il se vante,
Que quadrupède il sait rester,
Quand, d'être oiseau, rien ne le tente.
De plus, cet Oreillard maudit,
Avec mes oiselets médit
Des sujets de ton noble empire,
Avec les tiens, il nous déchire.
— C'en est trop, répond le Lion,
A la première occasion
Je le chasse de mon domaine,

Je le jure. — Et de même peine,
S'il vient, dit l'Aigle, à ma merci,
Je le veux affliger aussi.
Depuis ce temps, bien solitaire,
Chauve-Souris vole le soir
Sans que pitié semblent avoir
Aucune, de son sort contraire,
Les quadrupèdes animaux,
Les grands et les petits oiseaux.

Caresser le poil et la plume,
Ruser et médire avec tous,
C'est se faire écraser de coups
Entre les marteaux et l'enclume.
Profitez bien de cet avis,
Littéraires Chauve-Souris.

FABLE XXVII.

La Guenon.

Vêtir de soie une Guenon
Ne la fait point changer de nom ;
Ainsi le dit un vieux proverbe.
Ce n'est là qu'une idée en herbe,
D'une fable j'en fais l'objet ;
Vous aurez donc sur ce sujet,

Un proverbe aidé d'une fable.
Une Guenon, pour être aimable,
Comme ferait un baladin
Drôlement s'était affublée
D'une robe bariolée.
Mais je suis à peu près certain
Que ce fut son habile maître
Qui, cette robe, lui fit mettre;
Car de son étoffe un tailleur,
Toujours, dit-on, est le seigneur.
Est-ce vrai? ce devrait-il être?
Il n'importe; laissons cela:
La Guenon, se trouvant gentille,
Rêva d'aller voir sa famille
Dans cette mise de gala,
Et lestement de sa fenêtre
Elle gagna le toit voisin,
Pour de là prendre le chemin
Du pays qui l'avait vu naître.
Était-ce Tétuan[1]?.. — Peut-être...
Le proverbe ne le dit pas.
J'ai pour me tirer d'embarras
A ce sujet, certaine histoire,
Bien que confuse en ma mémoire;
Elle est d'un auteur peu cité,
Mais digne d'être consulté;
Il entreprit, coûte que coûte,
Homme habile à tout entrevoir,

[1] Ville d'Afrique au royaume de Fez.

De nous éclaircir ce grand doute,
Toutefois il ne put savoir
Comment la Guenon, pour se rendre
A son Afrique, dut s'y prendre;
Si la luronne s'embarqua
Ou par Suez[1] communiqua;
Mais, ce qui n'offre plus de doute,
Elle ne resta point en route,
Heureusement fit son trajet,
Et se trouva bientôt l'objet
Des empressements honorables
De toutes les Guenons aimables
Qui la saluaient poliment;
Je dirai, sans déguisement,
La prenant pour un personnage,
Sur elles ayant l'avantage
D'être au moins vêtu décemment.
A madame, que de sagesse,
Que de génie et que d'adresse
On accorda spontanément!
En tout un Singe, petit-maître,
Devait sûrement se connaître,
Et vite, à l'unanimité,
A la séduisante compagne
On confia l'autorité
Pour une prochaine campagne,
La suprême direction

L'isthme de Suez.

D'une importante incursion.
Il fallait trouver des ressources
Dans le pays... A quelles sources
Devait-on puiser le moyen
De pourvoir au vaste entretien
De notre quadrumane engeance :
Le vêtement faisait urgence.
Directrice du mouvement,
La belle Guenon, capitaine,
Follement sur ses pas entraîne
L'armée à son commandement ;
Elle poursuit, rien ne l'arrête,
Perd son chemin, même la tête :
Perte très-grave en pareil cas,
Mais dont ne s'aperçoivent pas
Les simples Guenons ses compagnes.
Les voilà courant les montagnes,
Comme on dit : par vaux et par monts,
En véritables vagabonds ;
Bosquets, vallons, collines, plaines,
Sont les témoins de leur entrain,
De leur gaîté, de leurs fredaines,
Tours de bâtons et jeux de main ;
Oui, leur ardente sympathie
Est acquise au chef de renom
Qui les guida dans leur sortie.
Le vrai, c'est que notre Guenon,
Par sa funeste extravagance,
Faillit les perdre, et montra bien

Qu'en l'habit n'est point la science,
Qui des experts est le soutien.

Combien de Singes l'on rencontre
Sans voyager à Tétuan :
La robe de docteur[1] en montre
Qui sont, après comme pendant,
Les Singes qu'ils étaient avant.

FABLE XXVIII.

L'Ane et son Maître.

Bon ou mauvais... Eh ! qu'importe au vulgaire ;
Avec le pire, on est sûr de lui plaire...
C'était ainsi qu'un téméraire auteur
De ses écrits disculpait la licence,
Mais un poète, ami de la décence,
Lui répondit, pour blâmer son erreur :
— Un Campagnard donnait pour nourriture
A son Anon, docile créature,
De maigre paille, et disait plaisamment :
Mange à ta faim, puisque ça te contente,

---

[1] Il y a des docteurs ès-lettres, ès-sciences, docteurs en droit, en médecine et en théologie, et en beaucoup d'autres choses.

Et si souvent à son Ane le chante,
Que celui-ci prend l'assaisonnement
Fort mal, et dit : — Vraiment, la riche aubaine!..
En te servant, je me nourris à peine
De ces fêtus que tu dis de mon goût;
Ingrat, crois-tu que je préfère à tout,
En vrai nigaud, ce misérable chaume?..
Donne du grain, tu verras si je chôme,
Et si jamais je flaire ton regain.

Quand pour le peuple un bon auteur travaille
Il fait un choix et lui donne du grain :
Sa probité rejette au loin la paille.

FABLE XXIX.

Le petit Chien et le Mulet de la Noria [1]

Lorsque, déposant son ardeur,
Et l'escopette et la sacoche,
Un bon chasseur garnit la broche,
Vous aurez vu, très cher lecteur,
Dans une auberge,
Même un couvent

[1] Chaîne sans fin garnie de seaux ou augets à parois latérales, passant sur tambours.

Où l'on héberge
Le bon vivant,
Une machine
Que l'on tournait
A la cuisine,
Et qui tenait
Par une broche
Au foyer proche,
Et qu'on appelle un tourne-broche ;
Une très large roue en bois,
Large de jante toutefois,
Avec rebords gardant la voie ;
Et gradins à l'intérieur ;
Le tout peu fait pour mettre en joie
Le Chien, son très humble moteur.
De ces forçats de tourne-broche,
Un malheureux, montrant ses os,
Avec l'accent d'un vif reproche
Faisait entendre ces propos :
— Le travail m'accable...
Quel en est le prix ?
Un os de perdrix
Lancé de la table.
Encore ai-je peur
Qu'on me crie : Apporte !
Si peu mon malheur
A leurs yeux importe.
Je fuis ma maison,
Horrible prison,

Et même la ville
Pour vivre tranquille.
Dès qu'il eut pris sa liberté,
Non sans preuve d'habileté,
Notre roquet se mit en quête ;
Mais, curieux, bientôt l'arrête
Un Mulet qui faisait mouvoir
Une noria... fallait voir !
Apercevant cette machine,
Chagrin, il demande aussitôt
Si l'on n'y tournait point le rôt :
Il se rappelait sa cuisine.
— Vois ces augets en chapelet
Qui versent l'eau, dit le Mulet.
— Bien qu'affaibli par la misère,
Je saurai t'imiter, j'espère,
Dit le Chien, regardant l'ampleur
De cette roue à faire peur.
Il en veut tâter ; s'en approche,
Et de vains efforts s'épuisant
Il dit : Oh ! c'est un peu pesant :
Ce n'est plus là mon tourne-broche...
Si je persistais, après tout,
J'aurais profit, gloire beaucoup.
— Ami, réserve ton courage,
Reprit le coquin de Mulet,
Pour la cuisine et le ménage ;
C'est trop rude pour un roquet ;
Il faut bagatelle à ta race.

L'historiette, je la tiens,
Ami lecteur, oui, j'en conviens,
De quelque satirique Horace.

Songez à ce Chien qui plia
Sous le poids de la noria.
Auteurs, mesurez à l'avance
Et l'effort et la résistance;
D'un sujet facile à traiter;
N'allez, par trop de confiance,
A l'impossible vous heurter.

FABLE XXX.

Le Rat et l'Érudit.

Dans la chambre d'un Érudit
Un Rat avait son lit, sa table,
Et suivait d'un grand appétit
Un régime peu confortable;
Un vrai régime de savant :
Des vers, de la prose, et du vent.
De tant d'esprit, de rimes plates,
Gardien, un Chat l'œil au guet
En ami repliait ses pattes
Et d'attendre se fatiguait.

Il n'était point de souricière,
D'expédient de marmiton,
Point de talent de cuisinière
Qui pût amorcer ce Raton.
A la plus douce friandise
Il préférait les beaux écrits
Qu'il rongeait, rognait à sa guise
Sans trop craindre de se voir pris.
Si, pour détourner la furie
Du Raton, l'excellent auteur
Essayait de l'imprimerie
Il s'attirait plus grand malheur :
    Non moins que l'insecte,
    Obstiné rongeur,
    Le Rat peu respecte
    L'encre d'imprimeur,
    Car son flair l'attire
    A l'huile de noix,
    Alors, qui peut dire
    Ses nouveaux exploits ?
    Quelle ardeur tenace !
    Comment tant d'écrits
    Seraient pour la race
    Des Rats et Souris!..
    Il faut y mettre ordre :
    Ne laisser céans
    Que des papiers blancs...
    S'ils allaient y mordre...
    O traîtres Ratons !

Désormais gloutons
Plus ne veux être en défiance
De votre détestable engeance.
Ce disant, le piteux auteur
Ne trouva point d'autre ressource
Pour mettre fin à son malheur,
Que d'en empoisonner la source.
Il charge donc de sublimé
Son encre, ce noir tant aimé ;
Il en écrit certain grimoire
En prose ou vers... mais de cela,
Ce qu'il suffit ici de croire,
C'est que le rongeur en creva.
— Parfait !... dit d'un air ironique,
Un poète, mordant critique ;
Mais il ne serait pas prudent
D'écrire d'encre corrosive
A qui sait garder une dent,
Surtout une dent incisive.

Une critique injurieuse
Irrite et blesse de ses traits ;
Modeste, elle est toujours heureuse,
Il faut en savoir les secrets.
Mais c'est raison, et c'est courage
D'élever à propos le ton ;
Et lorsque la censure outrage
De donner la mort au Raton
Qui ronge et nous cause dommage.

FABLE XXXI.

L'Écureuil et le Cheval.

Un Écureuil arrêté sur son rond,
Examinait un Alezan superbe,
Qui de ses pieds agiles foulait l'herbe,
Lançait ruade, et puis faisait le bond ;
Puis, s'exerçait au galop, belle allure
Qui fait si bien valoir une monture.
Alors surpris de tous ces mouvements,
Preuves de force autant que de souplesse,
Un peu jaloux, au Coursier il s'adresse
En se donnant ainsi des compliments :

  Ami, ta prestesse,
  Ta légèreté,
  Ta grande vitesse,
  Ton activité,
  Je ne m'en étonne ;
  Car du ciel je tiens
  Aussi tous ces biens,
  Et plus que personne :
  Certes, je suis vif,
  Je suis très actif,
  Et je me promène,
  Et je me démène ;
  Sans perdre de temps

Je monte et descends,
Le Coursier s'arrête,
Et tournant la tête
Vers notre Écureuil,
En blâma l'orgueil
De cette manière
Plus noble que fière :
— Toi qui vas toujours,
Et sur place cours,
Cher petit, je pense
Que les jolis tours
De ta pétulance,
Folle activité,
Sont sans importance,
Sans utilité :
Moi, si je prends peine,
C'est pour obéir
Et pour bien servir
Celui que j'entraîne
En course lointaine
Selon son désir ;
Dès que je m'empresse,
Mon active adresse
Est mieux qu'un plaisir.

Esprit, bon sens, présents de la nature,
Et qu'embellit une heureuse culture,
Qui vous gaspille et joue à l'Écureuil
N'est guère en droit d'en prendre de l'orgueil.

FABLE XXXII.

Le Galant et sa Dame.

Un Galant dans Paris, galant des plus cités,
Reconnu petit-maître en excentricités,
Qui fatigua la mode, en trouvant surannée
Sa mise qu'il changeait quarante fois l'année ;
Qui n'ayant jamais eu souci du lendemain,
Son or et son argent semait à pleine main,
Voulut, bien que charmé de sa noble personne,
Connaître la valeur que le crédit nous donne.
Ayant donc à fêter le retour du beau jour
Qui vit naître la Dame, objet de son amour,
Il osa lui donner, trompant sa confiance,
Dérogeant cette fois à sa munificence,
Une bague d'étain... Mais de ce faux brillant
La Dame se flatta comme de bon argent,
Et trouvant le bijou fort de sa convenance,
Vanta de son Galant le goût et l'élégance.

Que chevauche et s'endorme un auteur renommé
Et qu'il livre au public bêtise sur bêtise,
Je veux bien de mon nom ne plus être nommé
S'il ne profite encor de l'humaine sottise.

FABLE XXXIII.

L'Autruche, le Dromadaire et le Renard.

Plusieurs animaux en gaîté,
Réunis en société,
Devisaient... leur criaillerie
Devenait presque causerie.
— Comment !.. des êtres sans raison ?
— Oui, des bêtes faisaient maison ;
Là, ces amis de la nature
Se prélassaient dans la fourrure,
Avec la plume et l'Édredon
Aussi bien que gens de renom.
On y parlait de ce mérite
Et des aimables qualités
Qui font les animaux d'élite
Avec plaisir toujours cités :
D'abord, la Fourmi pourvoyeuse,
Et puis l'Abeille industrieuse,
Aussi le Perroquet savant,
Le Chien ce fidèle suivant.
— L'Autruche dit : Non, pour me plaire
Je ne vois que le Dromadaire.
A son tour celui-ci disait
Que la seule Autruche plaisait.
Or, leur goût devint un mystère

Sur lequel on ne put se taire :
— Au long cou, ventrus tous les deux,
Ils ne se trouvent point hideux.
— Un second dit : Simple est l'Autruche
Et l'autre ne sait point d'embûche ;
L'on découvre conformité
Jusque dans leur difformité,
Par la laideur de leur figure
Et parce qu'ils ont tous les deux
Un estomac ferme et calleux,
Soit dit sans leur faire d'injure ;
— Peut-être encor... — Rien de cela,
Dit un Renard, nous y voilà :
Ce qui l'un vers l'autre les porte
C'est zèle de compatriote.
Ce n'était pas dit au hasard :
En effet, ils étaient d'Afrique.

Le jugement de ce Renard
A bien de nos auteurs s'applique.

FABLE XXXIV.

Le Corbeau et la Dinde.

Allez, ma fable, allez, mon conte,
Et ne m'attirez point de honte.

— La Dinde et le rusé Corbeau
Se disputaient à tire-d'aile,
Lequel était meilleur oiseau.
Comme on dit : Ils jouaient la belle.
Au but d'avance convenu
Le Corbeau presque parvenu
Allait ainsi faire connaître
Qui des deux au vol est le maître ;
Quand la Dinde, pour l'empêcher,
Dit : Je ne puis te le cacher,
Arrête, noiraud détestable,
Ta laideur est insupportable ;
Sache-le bien, oiseau grossier,
Plus fort se mit-elle à crier,
Dès qu'on aperçoit ton plumage
L'on dit que c'est mauvais présage ;
Tu ne m'inspires que dégoût ;
Des corps morts tu fais bonne chère ;
Quand je songe à cela surtout,
Avec toi puis-je avoir affaire ?
Que tes cris sont hors de saison,
Dit le Corbeau, que mal j'apporte ;
Que je sois laid, grossier, qu'importe ;
Qui vole le mieux a raison.

Quand l'envieux dans un ouvrage
Ne peut relever des défauts,
Il critique le personnage,
C'est là la manœuvre des sots.

FABLE XXXV.

La Chenille et le Renard.

Il vous souvient, ami lecteur,
De cette fameuse séance
Où le Renard à son honneur
Sut expliquer la préférence
Qu'avouaient mutellement
Et l'Autruche et le Dromadaire ;
Or, voici bien une autre affaire
Qui provoqua l'étonnement
De toute l'animale engeance.
— Chacun parlait de l'élégance,
De ce travail ingénieux
Du Ver à soie industrieux,
Ce fut éloge sur éloge,
Quand l'enveloppe qui le loge
Aux animaux l'on présenta.
La Taupe aussi qui n'y voit goutte ;
Éclairée un instant sans doute,
Comme un miracle la cita.
Restée en son coin la Chenille
Parlait en termes différents :
— Quoi ! vous louez cette vétille,
O flatteurs toujours ignorants ?
Il faut savoir prendre pour telle

Une légère bagatelle...
— Pourquoi ce misérable ver,
Dit-on, poursuit-il de son blâme
Ce que chacun ici proclame
Etre admiré de l'univers.
— Oyez, amis, bien qu'il m'en coûte,
Et vous saurez sans aucun doute,
Dit ce Renard des plus gascons,
Le secret de sa rhétorique :
Dame Chenille aussi fabrique,
Mais de misérables cocons.

Suivez un conseil profitable,
Auteur utile, ingénieux;
Aux traits mordants de l'envieux
Opposez seulement ma fable.

FABLE XXXVI.

L'achat d'un Ane.

Hier à ma porte
Un Ane passait,
Orné de la sorte
Que l'on s'y pressait,
N'ayant, de la vie,

Ailleurs Ane vu
D'attirails pourvu
Tant à faire envie :
Le licol était
De date récente,
Le bât présentait
Frange retombante
De soie amarante,
Partout, sur le bord ;
Un brillant panache
De cette ganache
Relevait le port.
Sur le cou, la croupe
Des grelots tintants,
Des rubans flottants,
Et puis une houppe ;
— Un joyeux dessin,
Belle découpure...
Beaucoup d'art enfin
Masquant la nature.
Le Maître, dit-on,
Un Bohême habile,
Adroit maquignon
A gros imbécile
Vendit à prix fou
Cet Ane, un bijou.
Dès qu'en sa demeure
Le simple manant
Eut à tout venant

Présenté son leurre.
— Voyons, dit l'un d'eux,
S'il n'est point véreux
Sous cette parure,
Si tout correspond :
L'art et la nature.
On s'avisa donc
De réduire l'Ane
Au poil seulement
Sans plus d'ornement
Autour de son crâne...
O comble d'horreur !
Trois loupes pendantes
Et vieille tumeur,
Blessures béantes ;
Le dos déformé,
Le cuir parsemé
De maintes crevasses.
Et le Paysan
Avec ses grimaces
Non moins amusant
Que son Ane même...
O folie extrême !
D'avoir trouvé beaux
Tous ces oripeaux.

— Ainsi pouvait dire
L'un de mes amis,
D'avoir un jour mis

(Il prêtait à rire)
Un fabuleux prix
A la couverture,
A la reliure
De mauvais écrits.

FABLE XXXVII.

Le Bœuf et la Cigale.

Un Bœuf, soumis au joug ainsi qu'à l'aiguillon,
Traçait avec vigueur son pénible sillon;
Non loin de là chantait la Cigale légère,
Inhabile au travail et fort peu ménagère,
Qui de le critiquer s'étant donné le droit,
Lui dit : Mon cher voisin, ce sillon n'est pas droit.
— Mais les autres sont bien, dit le Bœuf, et je pense
Que pour parler ainsi, tu vois la différence;
D'être agréés je crois tes avis peu chanceux,
Car je fais peu de cas de ceux d'un paresseux;
Content de mon travail, le maître me pardonne
Un seul sillon manqué parmi tant que je donne.
— D'une critique oiseuse un ridicule sort
Surtout quand la Cigale au Bœuf veut chercher tort.

Relever des défauts légers, sans importance,
Dans un ouvrage utile, est une impertinence.

FABLE XXXVIII.

Le gros Perroquet et la Marmotte.

Un gros Perroquet perché,
Étalait sur un balustre
Son plumage panaché;
Lorsqu'il aperçut un rustre,
Sans nul doute, un Savoyard,
Un effronté babillard
Cherchant à faire recette
D'un objet mis en cachette;
Ah! comme il faisait valoir
Sa vieille Marmotte à voir.
Dès qu'il sortit de sa caisse
La très ridicule pièce,
— Quel caprice! dit l'oiseau,
Cet animal n'est point beau,
Et pourtant gain il procure,
Quand gratis, moi, je figure;
Mais aurait-il qualité
Pour être si bien vanté,
Aux payants puisqu'on l'étale,
C'est une bête vénale.

A ces mots un pauvre auteur
Qui, vanté par l'imprimeur,

Se soutient de ce qu'il conte,
S'enfuit tout saisi de honte.

FABLE XXXIX.

La Goutte peinte.

Les mots vieillis, les tours étranges
D'un parler sortant de ses langes,
Font maintenant contagion,
Et tel n'a bonne opinion
De la façon dont on s'exprime,
Que si le goût ancien n'y prime.
Ces gens là, je veux aviser,
Et pour m'en faire mieux priser,
Je vais mêler dans mon langage
Le nouvel et l'ancien usage,
Avec les termes d'aujourd'hui
Ceux qui depuis longtemps ont fui.
— Exaspéré de jalousie
En voyant les plus vieux tableaux
Être préférés aux nouveaux :
Soit engoûment, soit fantaisie,
Les prix vraiment exagérés
Qu'on met aux portraits restaurés,
Un Peintre laissait sa manière;

Un richard lui donna matière
A commencer du changement.
— D'après Velasquez il agence
Et dessine l'accoutrement
Qu'il faut à l'homme de naissance ;
Le visage étant bien traité
Il ajoute malgré la mode,
Un collet qui n'est plus porté,
Bien à l'antique l'accommode ;
Et sans différer d'un instant,
Remet le portrait qu'on attend.
Le Seigneur grandement se choque ;
A coup sûr, le Peintre se moque
De m'avoir ainsi surchargé !
Il allait lui donner congé
Bien que satisfait du visage
Qu'il voit fort à son avantage ;
Quand soudain il se ravisa ;
Et voici ce qu'il proposa :
— J'ai là haut serrés dans un coffre
De bons écus, je vous les offre,
A l'empreinte de nos vieux Rois :
De Ferdinand-le-Catholique,
De Charles-Quint le Germanique,
Des Philippe Second et Trois ;
Prenez le tout avec la bourse.
L'Artiste dit : — faible ressource
Que j'aurai là pour me nourrir,
J'ai grand'peur qu'en allant quérir

Mes nécessaires victuailles,
L'on me refuse ces médailles,
Qu'on me laisse éprouver la faim
Avec vos écus dans la main.
— Pardieu! dit l'autre, ce costume
De l'alguazil en fonction,
Fut jadis de distinction,
Mais il est le seul qui l'exhume.
Vous me peignez d'un autre temps,
En voici les écus comptants,
Ou reprenez votre peinture;
Veuillez refaire la parure :
D'abord remplacez ce collet,
Golile, que pas un ne met,
Par une cravate élégante;
Changez la lame trop pesante
De cette épée, enfin l'habit
Serait de meilleur acabit
Que ce pourpoint... Car dans la ville,
Croyez-le bien, sous ce vieux style,
Personne ne reconnaîtra
Celui qui content payera
D'un plus moderne numéraire
Une retouche nécessaire.

Rions un peu de cet auteur
Qui nous fatigue les oreilles;
En débitant des phrases vieilles :
Le vrai cachet du radoteur;

Qui croit embellir ce qu'il conte,
Quand dans son affectation,
Pour choisir son expression,
Jusqu'au temps du Cid il remonte.

FABLE XI.

Les deux Voyageurs.

Un jour deux cavaliers,
Que jeunesse accompagne,
Cherchaient dans la montagne
Enseignes d'hôteliers.
Deux voisins du village,
Avec empressement,
Aux amis en voyage,
Offrent le logement ;
Et de bonne manière,
Aux nobles jeunes gens,
Ouvrent à deux battans
Leur porte hospitalière.
Par le ciel envoyés,
Qu'ils vont être choyés !..
Or, l'un, dans la demeure
Qui lui sert de relais,
Voit cour intérieure,

Puis, comme en un palais,
Sur large frontispice
Un écu blasonné
Qui pour tous est l'indice
Que le maître est bien né,
L'autre ami s'accommode
D'un logis plus de mode :
L'éclat brillant du jour
Pénètre en chaque pièce,
Simplicité, richesse,
Font aimer ce séjour.
— Sous le beau frontispice
Le bien-être est factice,
L'on s'y trouve à l'étroit,
Il y fait sombre et froid ;
La grande devanture
Dérobe une masure.
— De sa mésaventure,
Ainsi parlait celui
Qui trouva quelque ennui
A ce luxe et misère,
Et son ami reprit :

— Que de fois l'on surprit
Aux livres ce mystère !

FABLE XLI.

Le Thé et la Sauge.

Le Thé, partant de l'empire de Chine,
En son chemin la Sauge rencontra ;
Celle-ci dit : Compère, je devine
Qu'à mon pays ta course finira.
— Vers le couchant, il est vrai, ma commère,
Reprit le Thé, je vais chercher bon prix.
— Et moi je fuis de trop ingrate terre !
De mon mérite en Chine[1] on s'est épris :
J'y plais beaucoup, par plus d'un avantage,
Flatter le goût et rendre la santé.
Dès qu'en Europe on me trouve sauvage,
Je n'y saurai gagner célébrité.
Poursuivons donc, nous aurons bon voyage :
En tout pays on aime l'Étranger ;
On le préfère ; et de l'encourager
S'est établi l'hospitalier usage.

— S'il est plus digne qu'un auteur,
N'ait point de penchant mercenaire,
Et qu'il travaille pour l'honneur,
Désormais son unique affaire ;

[1] La Sauge du Midi de l'Europe y est très recherchée.

Si convient aux seuls commerçants
Dont toujours l'intérêt s'éveille,
Ce que la Sauge ici conseille,
On avoûra qu'il est des gens
Qui, les vers de Boileau, du Tasse,
Par centaines réciteront
Et qui jamais ne connaîtront
La muse de don Garcilasse[1]
Poussant au loin nos bons auteurs
A chercher fortune et flatteurs.

FABLE XLII.

Le Chat, le Lézard et le Grillon.

L'instinct paraît aidé chez quelques animaux
Des lueurs d'un savoir presque scientifique...
On les voit, en effet, choisir le spécifique[2]
Dont la vertu convient à soulager leurs maux,
Garder en restant sourd à tout charlatanisme
Jusqu'à l'intégrité, leur savant organisme.

1 Garcilasse est le Pétrarque espagnol. Officier au service de l'Espagne, il écrivit ses vers d'amour tout en faisant la guerre. Il périt au siège de Tunis, d'autres disent à celui de Marseille 1536.

2 J'avais une Chatte affectée d'un ulcère cancéreux aux mamelles, elle recherchait et croquait avidement du charbon végétal. On en conseille l'emploi dans le traitement des ulcères.　　　　　　　　　　　　(LE TRADUCTEUR).

En fait de botanique, on les croirait experts;
Les secrets du codex leur semblent découverts :
Ne connaissent-ils pas nos remèdes en ique :
Cathartique, émétique, et même prolifique;
Ce qui coupe la fièvre, appelle les sueurs,
Débarrasse la tête, en chasse les vapeurs;
Contre les maux de nerfs, ils ont les narcotiques;
Dès qu'ils sont relâchés, prennent des stipitiques;
Et pour faciliter certaine éjection
Vont au diurétique emprunter l'action.
Un Chat en tout ceci passait pour très habile,
Du plus fieffé pédant il avait pris le style,
Lançant le mot technique, ainsi qu'un professeur,
Son renom dépassait celui de connaisseur.
Un jour qu'il visitait un jardin d'herboriste,
Rencontrant un Lézard qui le trouva fort triste,
Il lui dit : J'ai cherché dans mon *compendium*,
A l'effet de guérir d'une tumeur aqueuse
Qui me fait ressentir une douleur fiévreuse;
Il conseille le suc d'*héliotropium* [1].
Le Lézard étourdi de ce beau préambule,
Qui sentait la boutique et non moins la formule,
Ne comprenait pas plus le parler solennel
Que s'il lui fût venu de la tour de Babel;
Mais ayant remarqué le savant ridicule
Manger du tournesol [2] et feuille et follicule,

1 L'Héliotrope est une borraginée.

2 Le Tournesol est de la famille des euphorbes.

Lui répartit : Monsieur l'hydropique, on connaît
En fait d'héliotrope où vous trouvez l'extrait.
— Quoi ! lui dit un Grillon, faites-vous la satire
D'un profond érudit que tout le monde admire ?
Ce Grillon, ébloui du jargon médical,
Estimait dans le Chat un docteur sans égal ;
Ne croyait qu'aux talents annoncés par l'enflure,
Au mépris du droit sens de la simple nature.

Vous que la métaphore avec excès séduit,
Que la vive hyperbole en abusant, poursuit;
Vous êtes des Grillons, le faux savoir vous pique,
C'est à vous, ignorants, que ma fable s'applique.

FABLE XLIII.

La Musique des Animaux.

Je vais chanter, noble auditoire.
Si je vous fais d'heureux moments,
Donnez des applaudissements;
Je n'en aurai que plus de gloire.
— Il s'agissait d'un bal paré,
D'un concert : le tout préparé
Pour célébrer l'anniversaire
De la naissance du Lion;

Les bêtes, à l'intention
De mieux l'honorer, de lui plaire,
Décident que c'est bien le cas
Pour donner de bonne harmonie,
Qu'on n'obtient point sans grand tracas,
De former une académie,
De musiciens renommés.
Or, soumis au choix, les capables
Par les intrigants sont blâmés ;
Les talents vraiment délectables
Du Rossignol sont oubliés ;
Les jaloux qu'ont humiliés
Tant de fois le Serin, le Merle
Et souvent le Chardonneret,
Grossiers cailloux brisent la perle :
Avec quel plaisir on vous met
Les vrais talents sous la remise
Pour livrer aux sots l'entreprise.
— Et déjà ceux-ci se vantaient,
Avant que l'heure fût sonnée,
Que le concert qu'ils projetaient
Serait l'honneur de la journée.
— Bientôt l'orchestre au grand complet
Vint prendre place sur l'estrade,
Et prélude à la sérénade
D'un air capable et satisfait.
Mais parlons des quatre parties
Que comprend l'exécution,
Comment elles sont réparties :

Pour l'ensemble de l'action :
— A la Grenouille, à la Cigale,
De contralto besogne égale ;
Et pareillement sont reçus
Deux Grillons pour premiers dessus ;
De basse revient l'instrument
Au Porc, à l'Ane mêmement ;
On décida leur modestie.
Quant aux délicieux accens,
A l'agréable concordance
Dont ils surent charmer les sens,
Je veux taire ce que j'en pense ;
Je vous avoûrai seulement
Que par respect pour un tel maître
On s'abstint de faire paraître
Par sifflets ou trépignement
L'effet de notes sans pareilles,
Mais qu'on se boucha les oreilles.
— La Grenouille eut bientôt compris,
A la glace ainsi qu'au silence
Qu'on gardait après la cadence
Qu'ils tombaient en profond mépris ;
Leste, du chœur elle s'élance
Criant : Cet Ane chante faux :
Et l'Ane à cette impertinence
Dit : Les dessus l'ont pris trop haut.
A son tour le Grillon accuse
Le Porc d'avoir tout fait manquer ;
Le grognard dit : Je m'y refuse,

Vous avez pu le remarquer :
C'est la Cigale qui détonne,
Le contralto qui déraisonne
Et nous met tous en désarroi ;
— Non pas, non pas, dit la Cigale,
Car c'est aux ténors, sur ma foi !
Qu'on doit la musique infernale...
Maître Lion, pour couper court
A ces inutiles disputes,
Leur dit : Ignorants, tas de brutes,
N'ai-je pas ici, dans ma Cour,
Entendu se vanter d'avance,
Chacun avec impertinence,
D'attirer à soi savamment
Les bravos d'applaudissement,
S'attribuer tout le mérite
D'une probable réussite ?
Maintenant, du charivari
Aucun de vous ne veut répondre ;
Et l'on croit se mettre à l'abri
Si son voisin l'on peut confondre :
D'ici, manants, retirez-vous !
N'ayez jamais la suffisance
De reparaître en ma présence,
Où je vous écraserai tous.

Que réserve la Providence
A nos auteurs : Pareille chance,
Lorsque travaillant en commun

Il advient, que pour soi, chacun
Du succès veut avoir la gloire,
Ou rejette l'amer déboire
Sur son voisin qu'il sait frapper
De blâme pour se disculper.

FABLE XLIV.

L'Épée et la Broche

Une Épée, une lame achetée à Tolède,
Et que pour de l'or même avec regret l'on cède,
Tranchante, bien trempée et d'un brillant poli
Qui, dans d'adroites mains, sans honte avait vieilli,
S'abaissa par degrés, devint une flamberge
Que l'on met au repos dans un coin d'une auberge,
Là, se tache de rouille, et, piteux ornement,
De ses beaux jours enfin s'éloigne obscurément.
Une leste servante, à l'ordre de son maître,
Lequel, un misérable à coup sûr devait être,
S'en vient la détacher, en traverse un canard,
L'emporte en sa cuisine, et sans secours de l'art
La tournant, détournant, de sa braise l'approche;
La commère, en riant, avait fait une Broche,
Du Glaive pourfendeur qui tant en déconfit,
Et toujours dans son temps, donna gloire et profit.

Pendant qu'on en jasait dans notre hôtellerie,
Un jeune homme aspirant à la chevalerie,
A la Cour, de chez lui venait frais émoulu,
A bientôt s'ennoblir paysan résolu.
Il marchande une Épée au vendeur à la mode
Qui lui promet merveille, en songeant à la fraude...
Cette arme, se dit-il, n'est plus qu'un ornement :
Il faut au Jouvenceau du luxe seulement;
Ornée au goût du jour, la garde fait l'Épée,
Qu'importe que la lame ait été bien trempée;
A cette intention, voulant donc le servir,
Il demande du temps, l'engage à revenir.
Alors notre armurier se souvint d'une Broche
Au repos dès longtemps, la saisit, la décroche,
La fourbit, la redresse, et si bien l'affila,
Qu'à ce pauvre étranger, point expert en cela,
Il l'ose présenter pour l'Épée invincible
De Thomas d'Ayala, maintenant disponible,
Se montrant dans ce cas aussi fripon marchand,
Qu'au bon sens l'hôtelier se montra trébuchant.

De sottise chez nous, et de friponnerie,
S'enlaidit quelquefois littéraire industrie :
On la voit s'obscurcir de ces mauvais labeurs.
De deux sortes de gens, indignes traducteurs :
Les uns, défigurant des ouvrages célèbres,
En broche ont transformé le glaive bien trempé;
Les autres, en tirant les moins bons des ténèbres,
De broche faisant glaive, ont le public trompé.

FABLE XLV.

Les quatre Estropiés.

Un Sourd et Muet de naissance
Avec un Aveugle traitait
Affaire de mince importance,
Et plus sourd qu'un mur il était.
L'Aveugle se faisait comprendre
Par des signes, très clairement ;
Le Muet ne savait comment
Pour répondre il devait s'y prendre.
Dans ce singulier embarras,
Ils ont recours à l'obligeance
D'un camarade, ami d'enfance,
Lequel était privé d'un bras.
Aussitôt il prend la parole,
Traduit les gestes du Muet,
Et par le zèle qu'il y met
Aux deux causeurs sert de boussole.
Comment pourrait-on retenir
Une si belle conférence ?..
Par écrit, on a l'assurance
D'en bien garder le souvenir.
Le Manchot dit : Mes camarades,
La main me manque pour cela :
Le maître sur ce sujet là

Fera d'élégantes tirades.
Mais, dit l'Aveugle, il est Boiteux
A ne point quitter sa demeure ;
Il faut nous y rendre sur l'heure :
Ce fut l'avis des autres deux.
Bientôt dans un style oratoire
Le magister leur raconta
L'entretien qu'on lui répéta :
Le Muet garda la mémoire.
Dicter, écrire : c'était tout.
Ici, deux ne pouvaient suffire ;
Quatre incomplets, c'est assez dire,
Autrement n'en venaient à bout.
On suspecta cette aventure,
Et pour et contre on paria ;
Bien qu'en un lieu d'Alcaria[1]
Par cent témoins on nous l'assure.

En supposant l'invention,
Elle doit être d'un critique
Qui de nous expliquer se pique,
Sans doute à bonne intention,
Qu'en toute ligue littéraire
L'on montre qu'on est incomplet
Si tous s'occupent d'un sujet
Lorsqu'un capable eût fait l'affaire.

[1] Contrée de la Nouvelle-Castille, entre le Tage et Madrid.

FABLE XLVI.

Le Poulet et les deux Coqs.

Un Coq que l'on prenait pour un grand batailleur,
Un Poulet, haut monté, déjà rempli d'ardeur,
J'ignore à quel sujet se prirent de dispute,
Et bientôt s'engageait une effroyable lutte
Où, par le fort Poulet secoué rudement,
Notre Coq fut contraint de fuir honteusement ;
Galant dominateur de tremblantes poulettes,
Il laissait au vainqueur le soin de ses sujettes,
Et plus ne se commit avec le fier gaillard :
Il sera, disait-il, un très bon Coq plus tard...
A quelque temps de là, lui vint autre querelle
Avec un vétéran qui du bec et de l'aîle,
Et de l'ergot aussi tellement le frotta,
Que le duvet, la crète à peine il lui resta ;
Et notre Coq meurtri, se tirant de la fête,
Dit, pour se consoler : Vraiment ! la vieille bête !
De le trop mal mener j'avais quelque pitié ;
De son bon sens on voit qu'il a perdu moitié.

Au concours, n'allez point mettre dans la balance
L'âge d'un écrivain ; ici, point d'indulgence :
De talent et d'adresse un auteur doit lutter ;
C'est alors qu'il est beau de savoir l'emporter.

FABLE XLVII.

La Pie et la Guenon.

Une Pie engageait quelque bonne Guenon
A la voir, lui disant : Tu connais mon renom !
Fais effort, viens chez moi... J'ai derrière une caisse
Meubles, bijoux volés avec assez d'adresse;
Ils sont de mon talent les précieux témoins;
Tu sais qu'à les cacher je mets beaucoup de soins.
— Soit ! lui dit la Guenon, va donc à ta demeure,
Pour te faire plaisir j'y vais aller sur l'heure...
La Pie en becquetant, tira de son recoin
Des paniers simulant ou cachant l'embonpoint
D'une belle jadis, ingénieuse fraude.
Puis une jarretière, honneur de sa maraude,
Aux reflets chatoyants; d'un glaive le pommeau...
Un étui de ciseaux... et trois clés de guitare...
Une moitié de peigne..., un feston très bizarre...
Des guenilles... enfin, un manche de couteau :
Piteux assortiment, sans valeur, on peut dire.
— Que te semble, ô ma sœur ! dis-moi ce que t'inspire
Et te cause l'aspect de tant d'objets charmants
Qui me jettent toujours dans des ravissements ;
Conviens que ma richesse est à donner envie
A tous ceux de ma race?... Ainsi, disait la Pie...
La maligne Guenon, d'un air narquois, reprit :

Sornettes! ma mignonne; et sache que l'on rit
Des reliques sans choix et sans but ramassées
Qui moisissent ici pêle-mêle entassées...
Mais, parlons des objets de grande utilité
Que je tiens réservés dans une cavité
Dilatable à mon gré, sous chaque mandibule;
Vois!.. C'est là qu'à plaisir, prudente, j'accumule
Ce qui devra plus tard satisfaire ma faim,
Quand par la circonstance on n'a rien sous la main;
Et lorsqu'en t'exposant, folle, tu mets en piles
Ferraille, vieux chiffons, mille choses futiles
Avec discernement je sais faire mon choix :
Sucrerie, aveline et l'excellente noix,
Surfins morceaux de viande, avare, j'emprisonne,
Utilement ainsi je m'approvisionne.

Bien d'autres que la Pie, esprits trop sans façon,
Auront à s'appliquer cette utile leçon;
Ignorants fureteurs qui gâtent leur ouvrage
De mauvais ramassis dont ils font étalage.

FABLE XLVIII.

Le Rossignol et le Moineau.

Un Rossignol un jour écoutait la leçon
D'un orgue, et répétait docile la chanson;

Quand pendant l'exercice, approcha de sa cage
Un Moineau qui, confus de ce savant ramage,
Lui dit : En vérité, je suis émerveillé
De vous voir écouter un air si travaillé;
Et comment l'écolier peut en apprendre au maître,
Car c'est bien à vos chants que cet orgue doit l'être.
— Mais, dit le Rossignol, il répète avec art
Les accents qu'a livrés mon caprice au hasard;
Soumis à la mesure, avec lui je les brode,
Et l'on verra bientôt les fruits de ma méthode.

Le brillant nous étonne, et toujours éblouit;
Mais, c'est en ménageant les sens qu'il nous séduit.
Quoi! sans maître un auteur habile veut se rendre!
Alors, qu'il ait grand soin de toujours mieux apprendre.

FABLE XLIX.

Le Jardinier et son Maître.

Dans un jardin de fleurs,
Une claire fontaine,
Du tribut de ses pleurs
Formait l'humide plaine,
Un très ample bassin
Où rouget, carpe et tanche

Se jouaient dans le sein
De l'onde qui s'épanche.
Mais là venait puiser
Le bienfaisant liquide,
Pour ses fleurs arroser,
Un Jardinier stupide
Qui, sans aucun souci,
Menaçait l'existence
De l'aquatique engeance
Remise à sa merci.
Dans son imprévoyance
Son Maître le surprit,
Vivement l'en reprit,
Lui disant : L'élégance
Des fleurs est de mon goût ;
Les poissons sur ma table
Plaisent aussi beaucoup ;
Sois-leur donc plus traitable...
Et le rustre maudit,
Tellement se raidit
A ce qu'on lui commande,
Crainte qu'on le gourmande,
Que les fleurs de pâlir ;
Et bientôt vont périr.
Le Maître encore arrive
Et voit ses tristes fleurs
A qui manque l'eau vive,
Soutien de leurs couleurs ;
Transporté de colère

Il se plaint en ces mots :
— Ne saurais-tu donc faire,
Le plus grossier des sots,
Qu'avec sage mesure
Versant cette onde pure
Tu gardes aux poissons,
Exigeants nourrissons,
L'eau qu'il faut à leur vie,
Et qu'il ne manque rien
Aux fleurs dont l'entretien
A tes soins je confie.

Dans un travail, il faut
L'utile et l'agréable ;
Point de succès durable
Si l'un d'eux fait défaut.

FABLE L.

Les deux Grives.

Pleine d'ans et de prudence,
Une Grive à son neveu,
Jeune et sans expérience,
Parlait de faire beau jeu
Dans une vigne voisine

Qui son fruit mûr étalait;
Oh! l'excellente rapine!
Vite s'y rendre il fallait..
Où donc cette vigne est-elle?
Qui promet un bon repas,
Criait notre sans-cervelle...
— Nous aurons la fête belle,
Dit la tante, il ne faut pas
Te gorger de nourriture
Ramassée à l'aventure;
Pour vite apaiser ta faim,
Ne sois pas sac à tout grain.
Bientôt sauta de surprise
L'insupportable étourdi :
— C'est ce fruit abâtardi
Que votre prudence prise
Au grain rougeâtre et petit,
Dit-il : C'est bien peu de chose
Pour un si grand appétit;
Ma tante, je vous propose
D'autres fruits un peu meilleurs;
Mais il faut me suivre ailleurs...
— Oui, j'y veux perdre ma peine,
Dit la Grive, bien certaine
Qu'un grain de raisin vaut mieux
Que ce fruit délicieux
Vanté par ta suffisance.
Elle y vint par complaisance.
— Voyez? dit l'adolescent,

En mettant dans son accent
Du sourire et de l'audace,
Voyez ce fruit?.. Qu'il est gros !..
Que désignait ce propos ?..
Une énorme calebasse...
Si, dans ce piège grossier
La Grive se laissa prendre,
C'est qu'elle voulut s'y rendre.

Mais il est très singulier
Que la grosseur du volume
Donne du prix à la plume,
Et fasse que gens d'esprit
Recherchent un pauvre écrit...
C'est autrement, qu'un ouvrage
S'attire gloire ou dommage.

FABLE LI.

Le Fabricant de galons et l'Ouvrière en dentelles.

Dès que je vois votre dentelle,
Disait un Faiseur de galons,
Mon métier semble bagatelle :
Je suis épris de vos festons.
De mes tissus six mètres valent

Moins que trois de votre façon,
Et malgré tout l'or qu'ils étalent,
Je n'en fais point riche moisson.
— Mon Voisin, lui dit l'Ouvrière,
Mon mérite est dans mon savoir
A traiter une humble matière ;
De l'art, oui, tel est le pouvoir,
Qu'il prend souvent place première...

Excellent avertissement
Pour qui néglige trop le style ;
Disant que l'on doit seulement
Des choses voir le fond, l'utile ;
Qu'il sache par le fil de lin
Devenu plus cher que l'or fin,
Que le travail et l'élégance
Ont plus de prix que la substance.

FABLE LII.

Le Chasseur et le Furet.

Surchargé de lapins, accablé de chaleur,
Un soir, à son logis revenait un Chasseur ;
Lorsque sur son chemin, non loin de son village,
Il rencontre un ami d'indulgent voisinage,

Et veut, le retenant, lui conter ses hauts-faits,
Et combien la fortune a passé ses souhaits.
— J'ai fatigué, dit-il, pendant cette journée,
Mais pour la peine aussi que je me suis donnée,
Voyez si jamais chasse eut meilleur résultat ?
Si jamais dans la plaine on fit pareille dégât ?
J'ai souffert, il est vrai, dès l'aube matinale,
D'un soleil enflammé les ardeurs sans égale,
Et je ne sais, mon cher, comment je tiens debout ;
Mais ces beaux lapereaux me consolent de tout.
Non, non, sans vanité, je le dis et répète :
Il n'est aux environs plus fameuse escopette...
Un Furet, de sa boîte en liège qu'il rongeait,
Entendait ces propos, peu séants les jugeait,
Et passant son museau pointu par l'ouverture,
Il lui dit : Permettez, Maître, je vous conjure,
Qu'en peu de mots ici j'expose mon avis :
Vous faites peu de cas du zèle que j'ai mis
Toujours à vous servir ; car ces lapins et d'autres,
Par mon adroit instinct sont devenus les vôtres ;
De vous, j'espérais bien que je serais cité,
Je ne mérite point d'être si mal traité...
Au vaniteux Chasseur c'est en vain qu'il réclame,
La vérité glissa, n'en pénétra point l'âme.

Car l'obstiné resta tranquille, aussi vilain
Que se montre souvent un injuste écrivain
Qui croit nous abuser sur son insuffisance,
En couvrant ses emprunts du plus ingrat silence.

FABLE LIII.

Le Coq, le Porc et l'Agneau.

Dans une basse-cour était un poulailler,
On y voyait un Coq amoureux sautiller ;
Puis, dans le même enclos, se trouvait une étable
Où s'étalait un Porc de grosseur remarquable ;
Un Agneau s'y jouait... Chacun sait que toujours
Ces animaux en paix, vont, viennent dans les cours...
Un jour donc, le Cochon... (que le lecteur pardonne
Si ce mot déshonnête à son oreille sonne),
Dit à l'Agneau : Mon cher, connais donc l'heureux sort
De celui qui paisible, à volonté s'endort ;
Est-il destin plus doux en ce bizarre monde
Que de laisser tourner notre machine ronde
Avec insouciance, en ronflant de son mieux,
Plongé dans la paresse, au nez des envieux.
Le fier Coq à son tour vint prêcher sa manière,
Et dit à l'innocent : Pour dompter la matière,
Être leste et garder une bonne santé,
Il est urgent de vivre en grande activité :
Peu dormir, s'éveiller aux dernières étoiles
Même avant que la nuit ait replié ses voiles ;
Trop de sommeil amène un excès de langueur
Et dépouille nos sens d'une utile vigueur.
Surpris, embarrassé de règles de conduite

Si contraires d'effet qu'on n'y peut donner suite,
L'Agneau faisait effort, mais ne sut deviner
Que chacun vers son goût ait voulu l'entraîner.

C'est parmi les auteurs une vieille rubrique,
De prôner, d'honorer du titre académique
Leur mode préféré... n'est-il pas le meilleur?...
Mais si l'on n'y prend garde, on tombe dans l'erreur.

FABLE LIV.

Le Caillou et le Briquet.

Un jour le Caillou se plaignait
Du Briquet qui peu l'épargnait,
Qui, pour avoir des étincelles,
Frappant, détachait des parcelles,
Enfin le réduisait à rien.
Querelle devint l'entretien.
— Rompons, dit-il; mon infortune
Tient à notre action commune.
— Mais, pour dieu! criait le Briquet,
De te plaindre as-tu bien sujet
Quand, tu le sais, je suis la cause,
Si bien tu sers à quelque chose.
— Et sans moi, reprit le Caillou,

Bourreau, servirais-tu beaucoup?..

Que cet exemple vous conduise
A rechercher l'instruction,
Auteurs, et qu'elle vous séduise
Jusqu'à l'aimer à passion :
Elle est le briquet qui fait flamme
Et qui fait jaillir de votre âme,
Et porte à sa maturité
Le talent qui sera cité.

FABLE LV.

Le Juge et le Brigand.

Du sort un jour l'heureux caprice,
Entre les mains de la justice
Mettait un assassin voleur ;
Le triste objet de sa fureur
Ou mieux de sa rapace envie,
Sur le sol étendu sans vie,
Laissait au Juge à constater
Un forfait à l'épouvanter :
L'argent, ce mobile du crime,
Faisait encore une victime...
Pour excuser son action,

Le Brigand dit : J'eus passion,
Cela dès l'âge le plus tendre,
D'avoir ce que je pouvais prendre :
Coffrets, montres, manteaux, bijoux ;
De tout enfin j'étais jaloux.
Quand le temps qui grandit les tailles
Eut prêté vigueur à ma main,
J'appris à franchir les murailles,
A tuer sur le grand chemin ;
Ainsi, quarante ans j'ai su vivre ;
Je n'ai point d'autre marche à suivre.

Applaudissez donc ce voleur,
Routinier, insipide auteur ;
Car pour sauver votre mérite,
C'est là souvent votre redite.

FABLE LVI

La Servante et son balai.

Une Servante allait frottant
Les divers lieux de sa demeure
D'un balai sale et dégoûtant ;
Une adresse supérieure
Ne la menait point à ses fins ;

L'instrument tomba de ses mains.
— L'affreux balai ! s'écria-t-elle,
Avec l'ordure qu'il recèle,
Les débris qu'il laisse à foison,
Ne fait que salir la maison.

Combien d'écrivains fins apôtres,
Qui trouvent aux écrits des autres
Défauts, erreurs à redresser,
Aux censeurs ne font que laisser,
Disons-le, plus riches pâtures ;
Ma Servante vient d'annoncer
Ce que le monde doit penser
De leur bon goût, de leurs ratures.

FABLE LVII.

Le Naturaliste et les deux Lézards.

Certain Naturaliste, en quête de trouvaille,
Aperçut deux Gékos, deux Lézards de muraille,
Qu'il saisit aussitôt, et, savant curieux,
Le scalpel à la main, le microscope aux yeux,
Veut sur le plus robuste, en grave anatomiste,
De l'ouvrier suprême et divin machiniste
Rechercher le secret... Et successivement,

Les membres sont par lui détachés lentement,
Son ardeur de savoir étant fort peu l'amie
De ce Lézard soumis à son anatomie,
Il observa la queue et le ventre et les reins,
La peau, les yeux, le cou, les nerfs, les intestins ;
Prenant, posant la plume et regardant encore
Ces débris qui faisaient en son esprit éclore
Des aperçus nouveaux... Lorsqu'à l'étal sanglant
Ses amis survenus, de bons mots l'accablant,
Il les met tous au fait de ce qu'il vient d'écrire,
Et celui-ci discute et cet autre l'admire ;
Mais enfin, las de dire et d'expérimenter,
Notre savant veut bien du scalpel exempter.
L'autre Lézard tremblant, désormais sur ses gardes,
Qui regagne empressé ses utiles lézardes ;
Et remis de sa peur, enfoncé dans son coin,
Il raconte l'horreur dont il fut le témoin :
— Un jour entier j'ai vu cet homme abominable,
Sur le corps d'un ami rendu méconnaissable,
Promener son regard, nous traiter de rampants,
Nous ravaler, injuste, au niveau des serpents ;
A ce méchant avis, nous ne devons souscrire :
Nous valons beaucoup mieux, quoi qu'il en puisse dire

Ainsi, souvent l'on voit un médiocre auteur
Se dresser, arrogant de toute sa hauteur,
Affronter sûrement une saine critique
Qui lui fait trop d'honneur, si d'un trait qui le pique
Elle semble vouloir le prendre au sérieux,

Le tirer du néant... Fort heureux qu'on le cite,
Ce Monsieur ne met plus en doute son mérite,
Et répond satisfait : — Nous valons beaucoup mieux,
Quoique dise et professe un pédant ennuyeux.

FABLE LVIII.

Les Montres en désaccord.

Par invitation, dans un banquet admis,
Déjà causaient, riaient, s'oubliaient des amis ;
Quand arriva longtemps après l'heure indiquée
Un convié qui veut ne l'avoir point manquée.
— Mais comment nous prouver que vous n'avez pas tort?
Lui dit-on. De cela, Messieurs, je me fais fort ;
Notre homme consultant sa montre qu'il présente :
— Je viens, vous dis-je, à temps ; voyez si je plaisante,
Deux heures seulement... — C'est une grande erreur ;
Votre montre est, mon cher, un mauvais éclaireur,
Vous êtes en retard de plus de trois-quarts d'heure.
— De bien juger enfin, je vous mets en demeure,
A ma montre, lisez, lisez la vérité,
Disait très vivement notre retardataire ;
Elle indique, je crois, qu'il est bon de se taire.
Il était de ces gens qui d'une absurdité
Pensent sortir, faisant de tout autorité,

Achevons de conter : Alors chacun s'empresse,
Afin de décider avec plus de justesse,
D'interroger sa montre... Ici, l'une marquait
De deux heures le quart, quand cette autre indiquait
La demie... On tient là pour trente-six minutes,
Là, pour dix... là, quatorze amènent des disputes.
Il n'en était point deux qui marchassent d'accord ;
Au jugé du voisin, chaque montre avait tort.
Quand notre Amphytrion, fort en astronomie,
Avec un guide sûr, éclairant l'entretien,
Sut à sa table enfin rétablir l'harmonie,
Il lut trois-heures-dix à son méridien [1] ;
Et, terminant ainsi l'ennuyeuse querelle,
Capable d'embrouiller la plus lourde cervelle
Il ajouta : — Messieurs, qui veut la vérité
Doit choisir un auteur faisant autorité.

En cela, tous n'ont point une égale fortune :
Mille routes montrant, quand le vrai n'en a qu'une.

---

[1] Le méridien donne l'heure vraie. — Les montres qui donnent l'heure du temps moyen ne s'accordent avec la méridienne qu'aux équinoxes et aux solstices, aux jours indiqués par l'almanach des longitudes qui donnent d'ailleurs pour chaque jour les écarts du midi moyen.

FABLE LIX.

La Taupe et les autres Animaux.

Des animaux à quatre pattes
S'amusaient à colin-maillard ;
Lièvre, Chien, Rat, futé Renard
Avaient déserté leurs pénates ;
Un Écureuil hors de prison,
Et par conséquent des plus aises,
Avec eux prenant mieux ses aises,
Un Singe de bonne maison.
Le luron faisant ses gambades
Aux autres mettait le mouchoir
De ses mains qu'il savait mouvoir ;
Et dirigeait ses camarades.
Une Taupe n'y put tenir,
Entendant si joyeuse vie ;
Pour prendre part à leur folie,
Elle s'empressa d'accourir.
Impatiente d'être admise,
Le Singe lui dit galamment,
Voulant en faire amusement,
Qu'elle en pouvait prendre à sa guise ;
Et la Taupe qui n'y voit pas,
Mais qui se dit de courte vue,
En trébuchant à chaque pas,

Les fit sourire à sa venue,
A ce jeu très facilement,
Comme on peut croire, elle fut prise,
Et tout dès le commencement
Sur elle la patte fut mise.
D'être Colin ce fut son tour ;
Sans bandeau qui pouvait mieux l'être ?
Mais ne voulant faire connaître
Que luit pour elle en vain le jour ;
— J'attends, Monsieur, dit-elle au Singe,
Mettez le bandeau sur mes yeux,
Assujétissez bien ce linge ;
Tricher est par trop ennuyeux.

Un auteur privé de lumières
Cherche à cacher sa nullité ;
C'est la Taupe, par vanité
Qui veut qu'on voile ses paupières.

FABLE LX.

Le Danseur de corde et son Maître.

Pendant que sur la corde, apprenti voltigeur,
De son Maître, un jeune homme écoutait la prudence,
Il se sentit poussé par l'esprit raisonneur,

Et lui dit : Excusez, Maître par excellence,
  Je me plairais dans mon métier,
  Si je n'étais mis au supplice
  Par cet énorme balancier
  Qui ne me rend aucun service.
  Et faut-il donc m'assujétir,
  Quand je ne manque point d'adresse?...
  Je puis, sans aide, aller, venir.
  Ce bois donne-t-il la souplesse ?
  Pour une pause... Et pour ce pas
  Par exemple, que j'exécute,
  Voyez, ne le ferai-je pas
  Sans balancier et sans culbute ?..
  Mon Maître, soyez bien certain
  Que l'on fait mieux quand on est libre.
  Ce disant, il lâche la main,
  Sans contre-poids perd l'équilibre.
  Ah ! grand Dieu ! quel malheur lui vient ?
  Sur le dos une affreuse chute...
  Imprudent... lorsqu'on te prévient,
  Lui dit le Maître... — Ainsi débute

Qui prétend s'affranchir des règles de son art !
On n'y doit point compter sur un heureux hasard ;
A chaque instant, hélas ! un fol y périclite :
Gare ! si désormais la leçon ne profite !...

FABLE LXI.

Le Crapaud et le Hibou.

Dans un creux d'arbre un vieil Hibou,
Le jour se tenait en cachette,
Avec soin dérobant sa tête,
Quand le vit à travers un trou
Un Crapaud qui du voisinage
Alimentait le commérage.
Holà ! criait de bas en haut
Le sale impertinent Crapaud ;
Dites, Monsieur le Solitaire,
Veuillez sortir la tête entière ;
Êtes-vous beau ? Seriez-vous laid ?
Voyons, paraissez, s'il-vous-plaît ?
— Je ne suis pas de bonne mine,
Je le sais, plus je m'examine,
Dit le Hibou... discrètement
J'agis en sortant nuitamment ;
Mais en plein jour, de ta figure
Tu viens affliger la nature,
Lorsque, crois-moi, tu ferais mieux
De te cacher à tous les yeux...

Eh ! que peu d'auteurs veulent suivre
Ce prudent avertissement !

Avec combien d'empressement
Ils se font les honneurs d'un livre
Qui mérite très justement
Les honneurs de l'enterrement...
Il y tient, le cher camarade,
Du Crapaud préférant l'erreur,
De ses écrits il fait parade
Au lieu d'être un discret auteur.

FABLE LXII.

L'Ane du Marchand d'huile.

Au service d'un Marchand d'huile,
Un Ane, auxiliaire utile,
Dans une outre portait ample provision,
S'allégeant comme on sait à chaque occasion...
Un soir, d'une allure un peu vive,
Regagnant son humble logis,
Il donnait contre une solive
Qui servait à maintenir l'huis;
Il en reçut telle secousse,
Qu'au loin l'on entendit ses cris.
— Le croirait-on, dit-il, qu'avec grande ressource
Pour y voir clair, je suis si rudement surpris;
Tant d'huile, et mon étable obscure,

Ah! c'est vraiment chose trop dure.

Il me vient appréhension
Que tel Monsieur bibliophile,
Qui ne lit point ce qu'il empile,
Va me prendre en dérision.
De mon histoire qu'il se moque
Sa gaîté n'a rien qui me choque :
Un jour il y réfléchira,
Hasard heureux le permettra ;
D'un avis, en passant, il aura l'avantage :
Le lui donner utile est tout ce qui m'engage.

FABLE LXIII.

La dispute des Moucherons.

Entre Moucherons à milliers,
Ces buveurs inhospitaliers,
S'éleva dans une boutique
Une dispute diabolique,
Et l'on a lieu d'être surpris
Que, chantant la guerre des Mouches,
A ses neveux n'ait rien appris,
De ce conflit des plus farouches,

Le bon Villa-Viciosa [1]...
Que ne songeait-il à cela ?..
Mais voyons quelle en fut la cause ;
S'il se peut, disons bien la chose...
Les Moucherons, les plus sensés,
Vous savez... désintéressés,
Soutenaient avec insistance
Que les bons temps étaient passés
Des vins de riche provenance,
Qui, mûrs et chaudement poussés,
Obtenaient sans aucun mélange
Par leur bon goût et leur bouquet,
Du plus expert et fin gourmet,
Qu'il en arrosât la louange...
Adieu chaleur, ton généreux,
Plus de ce bonheur qui circule
Dans les veines du malheureux !..,
— Ce que trouvaient fort ridicule
Ceux, disant les vins d'aujourd'hui
Très bienfaisants contre l'ennui ;
Et, combattant l'avis contraire,
Ils ajoutaient, pour faire taire
Les amis des vins d'autrefois,
Brocards, force plaisanteries,
Comme il arrive aux gens de lois
Dans leurs mordantes plaidoiries ;
Mais avec tant de passion,

[1] Auteur de la MOSQUEA (la guerre des Mouches contre les Fourmis), poème burlesque qui parut vers 1610.

Qu'envenimant cette querelle,
Entre eux, dans l'habitation,
L'on vit un affreux pêle-mêle.
Lorsque survint un amateur,
Un Moucheron dégustateur ;
A coups répétés il aspire
De ces vins avant que de dire
Ce qu'il pense en expert gourmet,
Du goût, de l'âge et du fumet.
— Amis, dit-il, je vous adjure
Par Bacchus, dieu des biberons,
De m'écouter... Trève d'injure...
Or, c'était pour les Moucherons
Invocation redoutable,
Et chacun devint raisonnable.
Il ajouta : Jamais avis
Ne vous viendra plus profitable
D'autre part que de mon pays :
Je suis Navarrais véritable ;
Et le vin, qu'il soit en tonneau,
Baril, outre, bouteille ou jarre,
En tinette, même en caveau,
N'échappe point, où c'est bien rare,
Au jugement de mon savoir.
Sachez que pour en faire estime
Mon talent partout peut valoir
Et propager bonne maxime,
Et de Xérès à Tudéla,
Et de Péralte à Malaga,

De Malte aux îles Canaries
Dans Oporto, Valdepegnas
Et dans toutes les Ibéries,
Quelle erreur ne commet-on pas,
Croyant qu'un vin l'on avantage,
Lui laissant prendre beaucoup d'âge ?
Nul doute que mauvais ou bon,
Par le temps il s'améliore ;
Mais si, jeune il manquait de ton,
Trop vieillir le détériore.
Quant aux vins très mauvais, je crois
Qu'il n'en est pas plus qu'autrefois :
Bien souvent, je l'expérimente,
L'on en boit de date récente
Que déjà l'on peut dire vieux,
Tellement ils rendent joyeux.
Par contre, ceux que l'on repousse,
Venant de la cueillette d'août,
Qui donne un médiocre moût,
A temps, deviendront la ressource
De nos neveux qui les boiront,
Avec plaisir s'en gorgeront,
Après tout, il me faut conclure :
Rendons grâces à la nature ;
Au bon vin, bénédiction ;
Pour le mauvais, aversion ;
Le vin vieux ou nouveau qui flatte,
Pour moi n'a pas besoin de date.

Ainsi, des savants importuns,
Entre eux bien vainement disputent :
Pour les Modernes sont les uns,
Pour les Anciens ceux-ci luttent;
Que leur débat reste éternel :
Au seul bon sens je fais appel.
A ce sujet, moi, je partage
L'avis du docteur Moucheron;
Il ne m'en faut pas davantage :
Que dirait de mieux Cicéron?..

FABLE LXIV.

La Grenouille et la Poule.

Une Grenouille, de sa mare,
Fréquemment entendait glousser
Une Poule... Il n'était pas rare
De l'entendre elle coasser...
Quoi donc, si mauvaise voisine
Vous seriez, dit-elle, cousine?
Vraiment, qui l'aurait pu penser?..
Pourquoi ce bruit à nous confondre?..
— L'autre dit : C'est pour annoncer
Qu'un gros œuf, dans peu, je vais pondre;
— Comment, pour un œuf tout ce train?..
Épargnez-nous votre refrain.

— Oh ! dit la Poule, on t'indispose ;
Mais tes cris sont bien autre chose :
Nuit et jour inutilement
Tu pousses ton coassement ;
L'on sait que je vais être utile
Quand on m'entend glousser bien fort.
Grenouille, allons ! reste tranquille,
Bonne à rien, tais-toi, fais le mort.

FABLE LXV.

L'Escarbot (le Scarabée).

D'une fable je crois posséder le sujet,
Si ma muse voulait aider à mon projet ;
Je la vois qui se tient un peu sur la réserve...
N'allons point, comme on dit, rimer malgré Minerve.
Mais je livre l'idée à l'esprit plus dispos
Qui saura mieux que moi l'enrichir à propos.
La Fable, on le sait bien, demande que l'on cache
Sous de faciles vers une pénible tâche...
Le héros est ici minime, très commun,
C'est l'Escarbot luisant dont le goût peu sévère,
On peut dire ordurier, le tenant terre à terre,
De la rose lui fait éviter le parfum :
Jamais on n'a surpris la feuille délicate
Portant de sa piqûre un flétrissant stigmate...

De cet éloignement, notre auteur, Dieu l'aidant,
Aurait donc à percer le mystère étonnant :
Il lui faudra suer et son cerveau se fondre
Par les mille détours qu'il prendra pour répondre,
Expliquer décemment cette répulsion,
Pour nous donner enfin cette solution :

Que l'Escarbot des fleurs ne cherche point la reine,
Par la même raison qui certains auteurs mène
Loin du beau, du fleuri, de l'élégant savoir,
Toujours trop l'opposé de leur goût d'éteignoir.

FABLE LXVI.

Le Riche érudit.

Il était dans Madrid un homme magnifique,
Brillant de sa fortune, un peu moins par l'esprit ;
Ainsi l'avait jugé l'envieuse critique
Qui, de ses traits malins, un beau jour nous l'apprit.
Le luxe, en sa maison, visait à la merveille
C'étaient meubles, tapis qu'un goût d'excès conseille.
Un véritable ami lui dit confidemment :
Il vous manque, mon cher, un utile ornement,
Une bibliothèque ; et c'est vraiment dommage,
Car tous les gens aisés semblent en faire usage :
Il témoigne assez bien qu'on pense noblement.

— Je vous crois, lui dit l'autre, et comment cette idée
Avec moi jusqu'ici ne s'est-elle accordée?..
Mais nous sommes à temps, le projet me plaît fort,
Les livres seront mis dans ma salle du nord.
Que l'ébéniste vienne et place des tablettes;
Je ne marchande point et je les veux parfaites,
Grandes, d'un beau poli... puis, cher ami, voyons
Les livres qu'il faudra placer sur les rayons.
Le tout étant posé, notre homme se consulte :
— De volumes, six mille au moins pour commencer,
Bah! cela coûte cher, je n'y dois pas penser;
Que faut-il, après tout?.. Ne pas paraître inculte...
A l'œuvre mettez-vous, peintre décorateur :
Il est expédient que sur carton figure
Et le dos du volume, et le titre en peinture.
Sur ma liste, il n'est point de médiocre auteur ;
Ici, placez l'ancien, et plus loin le moderne :
Le savoir-faire mieux que le savoir gouverne ;
Pour tous les imprimés, simulez du vélin ;
Qu'on voye aux manuscrits le ridé parchemin.
Et sa bibliothèque étant mise en affiches,
Le plaisant repassa de ses livres postiches
Les titres, les logea si bien dans son cerveau,
Qu'avec les érudits, il se crut de niveau.

Se borner à savoir le titre des ouvrages,
C'est moins d'un homme instruit que d'un sot imposteur;
Le talent n'en est point à ces enfantillages :
Notre Richard n'était qu'un paysan menteur.

FABLE LXVII.

La Sangsue et la Vipère.

Toutes deux nous piquons, dit un jour la Vipère
A la simple Sangsue, et je le vois, ma chère,
L'homme paraît pour toi des plus accommodants,
Tandis qu'il s'effarouche à l'aspect de mes dents.
— La Sangsue en ces mots répondit : Ma Commère,
Nous piquons, mais combien le résultat diffère !
Au malade je rends la santé ; ton abord
A l'homme bien portant cause toujours la mort.

Souffrez, ami lecteur, qu'en passant je remarque
Combien de nos censeurs différente est l'attaque :
Tel redresse et conseille avec aménité,
Quand cet autre empoisonne avec malignité.

FABLE LXVIII.

Le Richard architecte.[1]

Pour orner sa maison, qui lui semblait mesquine,
Un Richard déterra d'une antique ruine,

[1] C'est l'idée de la fable 39 que l'auteur a remaniée probablement pour sa plus grande satisfaction.

Un chapiteau d'abord, et de socle un fragment,
Avec une corniche, un attique ornement,
Et puis des modillons et des fûts de colonne
Que, pour débris romains, la vieille histoire donne;
Restes partout fameux et marques de grandeur
Que toujours un artiste imite avec honneur.
Notre maison moderne est donc mise à l'antique;
On réserva pourtant une place au gothique.
Avec beaucoup de soins l'amateur répartit
Ces tronçons qu'il admire et dont chacun se rit.

Un quidam excepté, que dévore l'envie
De passer pour savant, avec cette manie
De donner d'anciens temps avidement fouillés,
Mêlés aux mots nouveaux des mots qui sont rouillés.

FABLE LXIX.

Le Médecin, le Malade et la Maladie[1]

Un malade luttant contre la maladie,
Vivement bataillait : elle était si hardie !
Ce malade avait-il espoir au lendemain?
Qui devait l'emporter?.. On était incertain...

[1] Fable composée pendant la dernière maladie de l'Auteur.

Se présente un Monsieur dont la vue assez courte,
A peine lui faisait reconnaître sa route,
Et distinguer les gens dès le premier abord ;
Il apprend que le mal veut être le plus fort ;
Assez expéditif, il regarde sa canne
Et voudrait s'en servir en guise de tisane...
Mais grâce à d'autres soins, la fièvre déserta ;
Et le malade en paix et bien portant resta.
L'homme à la courte vue, au talent contestable,
Tellement fut flatté que le regard du lynx
On lui reconnaissait, et le savoir du sphinx.
Mais si, par les effets d'un sort moins favorable,
De ce malade il eût compromis la santé,
De brute, aveugle taupe, on l'eût certes traité...

Qui dira, dans ce cas, s'il est plus téméraire
Ou de mettre la paix ou bien de laisser faire...
A ma fable, ô lecteur ! ayez soin de songer
Dès qu'un médecin veut vous saigner ou purger.

Les Fables 68, 69, 70, ont été trouvées dans les papiers de l'Auteur après sa mort ; il n'eut pas le temps de versifier la dernière.

FABLE LXX.

Le Canari et le Geai.

Un Canari, ce chantre aimé qui remplit nos maisons des sons joyeux et précipités de sa voix légère, avait acquis, par de longs exercices, un fort joli ramage.

Il en divertissait les personnes qui lui accordaient leur attention ; un Rossignol étranger[1] en fit particulièrement l'éloge, et l'encouragea de son approbation. Nouveaux efforts du Canari pour s'en rendre digne. Son talent et l'honneur qu'il lui attirait, excitèrent l'envie de plusieurs passereaux. Il en était parmi eux qui bien ou mal chantaient et par cela même devinrent ses ennemis ; et ceux qui ne chantaient pas du tout n'étaient guère mieux disposés à reconnaître son mérite. Enfin un Geai, incapable comme on sait de s'attirer aucune distinction, se fit remarquer par sa vivacité à décrier publiquement le Canari. Ne pouvant rien reprendre au chant il critiquait, ridiculisait la couleur du plumage, la terre natale, et il imputait au chanteur mille choses blâmables mais étrangères à son talent.

Il parvint à gagner à son opinion quelques jaloux qui partout répétèrent avec lui que le Canari qu'on avait cru jusqu'à présent un habile chanteur n'était véritablement

---

1 Métastase.

qu'un âne à braire continuellement. Le bruit s'en répandit ; c'est étonnant, disait-on, le Canari, un âne... Le Canari qui brait... Et les animaux vinrent en foule pour s'assurer d'une si étrange métamorphose.

Le Canari tout attristé ne voulait plus chanter ; il fallut que l'Aigle, ce roi des oiseaux, lui en donna l'ordre afin de savoir si effectivement il criait comme un âne, ou que si le bruit était faux, les passereaux coupables fussent retranchés du nombre de ses sujets... Alors le Canari, pour confondre ses calomniateurs, éclata en brillants caprices qui charmèrent presque tous les assistants.

L'Aigle indigné de la méchanceté du Geai, pria Jupiter le père des dieux de punir ce vilain oiseau. Le dieu lui accorda sa demande et lui dit de faire chanter le Geai ; celui-ci bien forcément ouvrant le bec ne fit entendre que d'affreux croassements, et s'attira la risée des autres animaux qui dirent : Est-il âne plus fieffé que celui qui voulut faire passer le Canari pour tel ?..

Nota. Cette Fable est en réponse à une satire que l'on fit paraître contre l'Auteur sous le titre de l'Ane érudit.

FIN DES FABLES.

SOUVENIR BIOGRAPHIQUE

SUR

LE COMMANDANT PELLET.

LE COMMANDANT PELLET.

Souvenir.

Les tambours sous le crêpe, en roulements funèbres,
Annoncent aux passants d'un guerrier le convoi ;
Point de brillants dehors ni d'insignes célèbres...
Une épée et deux croix, et l'arbre de la foi !
Le brave qui s'en va vers sa dernière étape
Reçoit sur le chemin l'adieu religieux,
Et devant le destin qui sans pitié le frappe
Chacun baisse en passant un front respectueux.....
Le cortége à pas lents touche au dernier asile
Où le riche et le pauvre ensemble vont dormir ;
Où tous deux, citoyens de l'Éternelle ville,
Sous le même niveau Dieu va les réunir.....
Et la terre a caché sa dépouille mortelle,
L'eau sainte l'a béni pour la dernière fois,
Et le prêtre a prié d'une voix solennelle,
Et son adieu suprême est un signe de croix !...

. . . .

Sur ta tombe, encor fraîche, une nuit étoilée,
Je suis venu, mon Oncle, adresser au Dieu bon
Une prière, au ciel aussitôt envolée,
Pour qu'il reçût ton âme en la sainte Sion...
Pendant qu'agenouillé sur une terre humide
Mon âme se livrait aux souvenirs pieux,
Tout-à-coup un rayon de lumière splendide
Illumina ta tombe, et vint frapper mes yeux....
Le ciel, comme entr'ouvert, exposait à ma vue

Tes jours trop tôt comptés, et tranchés par la mort :
Dans un sillon de feu montant jusqu'à la nue,
Ta vie et tes travaux se voyaient sans effort...
D'abord je reconnais le beau ciel de l'Espagne,
L'élégante Cadix se mirant dans les eaux ;
Et plus loin les bivouacs d'une armée en campagne,
Abrités sous les plis de glorieux drapeaux...
Par la vague emporté, près de perdre la vie,
La mer vient d'engloutir un malheureux enfant,
En vain de désespoir il tend les bras, il crie ;
Glacé par la terreur, chacun fuit en tremblant....
Ne consultant alors que son jeune courage,
Un sauveur s'est lancé sous le flot menaçant ;
Il lutte avec la mort, et ramène au rivage
La victime arrachée au gouffre mugissant,
Puis il échappe aux cris de la reconnaissance :
Que lui faut-il de plus, il a fait son devoir,
Et l'être qui lui doit sa seconde naissance
Mourra peut-être un jour sans même le savoir...
Mais qu'importe, mon Oncle, au seuil de ta jeunesse,
Cette belle action fut dans le firmament,
Un astre qui brilla jusque dans ta vieillesse,
Et dut te consoler à ton dernier moment...
Ce fut la belle fleur éclose à ton aurore,
Qui de ton existence embauma chaque instant ;
Pour toi le souvenir en fut plus doux encore
Écrit sur ta poitrine en un signe éclatant (1)...

Le songe m'a conduit aux ruines d'un temple :
Un emblème brisé se voit sur le fronton ;
Grèce, berceau des arts, c'est toi que je contemple,

(1) Le sous-lieutenant Pellet reçut alors la croix d'or de l'Ordre-Royal de la
marine d'Espagne.

Et d'Athènes voici l'illustre Parthénon...
Jadis ces troncs brisés, couchés dans la poussière,
Soutenaient les palais d'un peuple de guerriers,
Et ces murs dégradés, que recouvre le lierre,
Se sont vus bien souvent cachés sous les lauriers...
Aux regards étonnés ces restes du vieux monde
Révèlent des secrets par l'histoire ignorés,
Au milieu d'eux passé, l'instant d'une seconde
Évoque devant vous les siècles écoulés...
En foulant de tes pieds tous ces débris antiques,
Ah! combien ta jeune âme a dû parfois rêver,
Que ton cœur, au milieu de ces champs héroïques,
En nobles battements a dû se soulever!...
. . . .

La Grèce a fui devant un océan de sable,
La terre se dérobe en un sillon mouvant,
Sur le désert ardent le simoun implacable
Vole et renverse tout de son souffle brûlant.....
C'est l'Afrique au ciel d'or, c'est Alger l'orgueilleuse
Dont les dômes pompeux touchent au firmament,
Qui, bravant des Français la fierté belliqueuse,
Attira sur sa tête un juste châtiment.

. . . .

Dans les airs obscurcis on respire la poudre,
On distingue déjà de sinistres lueurs,
On croirait voir au loin les éclats de la foudre
Annonçant aux humains ses horribles fureurs...
Le canon a grondé sur la ville imprudente,
D'un déluge de feu ses palais sont couverts;
Et cent bouches d'airain, d'une voix imposante,
Font naître des échos dans le fond des déserts.
Puis je vois s'élancer de vaillantes cohortes,
Les couleurs de la France ornent leurs rangs épais,

Leurs mille bras vainqueurs ont renversé les portes,
La ville à leurs genoux vient implorer la paix.
Sur la brèche sanglante, et bouillant de courage,
Un jeune officier anime des soldats :
Ah! je t'ai reconnu, c'est ton noble visage,
Le péril et la mort ne t'intimident pas!..
De Blidah tu connus la terrible journée;
Tu combattis en brave et dans les premiers rangs;
Tu vins chercher la gloire au fort de la mélée,
La gloire t'adopta pour l'un de ses enfants...

De l'Algérie enfin tu reviens vers la France,
Et, charmant tes loisirs par d'utiles travaux,
Tu donnes chaque jour aux arts, à la science (1),
Le temps qu'en vains plaisirs dissipent tes égaux...
Toujours modeste autant que fut grand ton mérite,
Jamais tu ne cherchas à te faire valoir;
Mais la fortune hélas! trop souvent déshérite
L'homme dont le talent forme l'unique avoir...
Tu languis bien longtemps dans un modeste grade,
Et jamais ton grand cœur ne se montra jaloux...
Jamais tu ne compris l'homme qui se dégrade
A mendier un titre en pliant les genoux.
Oui, tu portas toujours la tête haute et fière,
Esclave de l'honneur, au seul devoir soumis,
Tu remplis dignement une longue carrière
Employée à défendre et chérir ton pays...

Le ciel est éclairé par des lueurs ardentes....
Des cendres, des débris gisent de toutes parts;

(1) C'est alors que M. Pollet fit la traduction que nous publions aujourd'hui,
en même temps qu'un Traité sur les manœuvres d'infanterie; Traité imprimé
depuis plusieurs années.

Un fleuve épouvanté, de ses ondes sanglantes
Rejette sur ses bords des cadavres épars.
Ah! quel spectacle affreux vient attrister ma vue
C'est la guerre civile aux bras rouges de sang;
Au milieu des cités, sillonnant chaque rue,
La mort laisse partout son aspect déchirant!
Le céleste courroux cesse enfin pour la France,
Un homme sage et grand dirige le vaisseau;
Tout renaît sous sa main au calme, à l'espérance,
Sur notre beau pays se lève un jour nouveau.
C'est là que plein d'amour pour ta noble patrie,
Je te revois aussi, prudent et courageux,
Fidèle à ton devoir, sans penser à ta vie,
Remplir un rôle utile en ces temps malheureux...
Tu sus guérir la haine, adoucir la rancune,
Et le pays en feu qu'on t'avait confié,
Sans tenter des combats la sanglante fortune,
Redevint par tes soins heureux, pacifié.
Ton dévoûment reçut alors sa récompense,
Nous vîmes la croix d'or scintiller sur ton cœur ;
Et quel autre plus digne eût pu choisir la France
Pour porter noblement ce signe de l'honneur? (1).

. . . .

Puis l'heure du repos termine ta carrière,
Dans l'étude et la paix tu viens finir tes jours;
Et ton esprit actif, loin des bruits de la guerre,
Se livre à des travaux dont tu poursuis le cours...

. . . .

Mais le ciel a pâli, le songe se termine...
Que peut te réserver l'inévitable sort?...
Mon cœur à sa tristesse aisément le devine,

1 La croix d'Officier de la Légion-d'Honneur, pour avoir contribué à pacifier
le Puy-de-Dôme, en 1848.

J'ai vu ta vie entière, et je vais voir ta mort !....
La lumière déjà devient moins éclatante...
Je te vois étendu sur un lit de douleur...
C'est le soir : une lampe à la clarté tremblante
Jette sur ton visage une faible lueur....
Sur tes derniers instants veille une sainte fille
Qui récite tout bas la pieuse oraison ;
Et l'avant-goût du ciel dont sa figure brille
Te montre des élus le céleste horizon...
Ton frère est près de toi, les yeux baignés de larmes,
Ton regard expirant comprend encor le sien...
Tu quittes sans regrets le séjour des alarmes...
Mais le rêve s'enfuit ; et je ne vois plus rien !....

. . . .

Puis je me revis seul, prosterné sur la pierre
Et je sentais encor mon cœur battre d'orgueil :
Quand soudain me surprit le froid du cimetière,
C'est que la pierre, hélas ! recouvrait un cercueil!

ERNEST PELLET.

TABLE

ALPHABÉTIQUE ET EXPLICATIVE

DES MOTIFS DES FABLES.

FIN DE LA TABLE.

TYPOGRAPHIE JULES-JUTEAU, RUE SAINT-DENIS, 34F.

www.ingramcontent.com/pod-product-compliance
Lightning Source LLC
Chambersburg PA
CBHW051928280626
47162CB00025B/1622